우리는 모두
사랑을 모르는
남자와 산다   김윤덕 지음

푸른숲

힘든 현실에 지지 않고 고단한 일상을
즐겁게 건너가고 있는 당신을 응원합니다.

_____ 님께

_____ 드림

결혼이라는 강을 유쾌하게 건너다

12년 전, 파이프오르간의 웅장한 선율이 흐르는 예배당에서 한 남자와 사랑의 서약을 할 때만 해도 그녀는 '결혼'의 정체를 알지 못했다. 그때 나이 이미 서른이었으니 백마 탄 왕자를 꿈꾸는 철부지 신부는 아니었으나, 적어도 결혼이란 사랑하는 남자와 함께 잠들고 함께 아침을 맞이하는 달콤하고도 행복한 일상이라고 기대했다.

한데 결혼은 그리 만만하거나 호락호락한 이벤트가 아니었다. 깨소금 냄새와 더불어 땀 냄새, 발 냄새 진동하는 일상이었고, 웃음소리 못지않게 눈물, 콧물 훌쩍이는 소리가 앙상블로 어우러지는 나날의 연속이었다. 아침 햇살을 즐길 여유는 더더욱 없었다. 눈뜸과 동시에 전기밥솥의 버튼을 눌러야 하고, 계란프라이를 부쳐야 하며, 출근 가방과 음식물쓰레기 봉지를 함께 들고 집을 나서는 생활의 반복, 반복……. 아이가 태어나니 인생은 또 왜 그리 꼬이던지. 갓난아이 맡길 데를 구하려고 사방팔방으로 뛰었고, 남들 다 시킨다는 교육 시켜보려고 가랑이가 찢어졌으며, 밤늦게 퇴근해 아이의 실내화를 빨며 혼자 눈물을 훔치기도 했다.

그 고단함, 설움의 불똥은 그녀의 남편에게로 튀었다. 없으면 죽고 못 살 것 같던 남편이 슬슬 미워지기 시작한 것이다. 연애 시절 그 자상함과 섬세함, 정의로움과 호쾌함은 오간 데 없고, 점점 어린아이처럼 단순해지고 성급하며 때로 철없어 보이는 남자. 바다처럼 넓은 남편의 가슴에 안겨 삶이라는 망망대해를 안전하게 항해하리라던 신혼의 단꿈은 차츰 사라지고, 이 험난한 세상 아이와 남편까지 껴안고 헤쳐 나가려면 그녀의 오지랖은 오대양 육대주만큼 넓고 거침없어야겠다는 다짐을 했던 것이다.

사랑은 바람이요, 결혼은 현실이며, 인생은 고행이라고 믿게 된 이 억척 여인은 바람 많은 낭군 때문에 속 썩는 친구들을 만나면 오만하고도 방자한 충고를 의기양양 날리기도 했다. "다른 여자 좋다는 남자, 뭔 미련을 두니?", "남편? 자식이 최고지", "내 낭군이 그랬으면 난 쿨하게 보내준다"……

그러던 어느 날 희한한 꿈을 꿨다. 세상에 여자라고는 그녀 하나밖에 모른다고 철석같이 믿었던 남편이 해맑은 미소를 머금고 다가오더니 "나, 좋아하는 사람이 생겼어" 한다. 평소의 지론대로라면 '쿨하게' "그래? 잘 가" 해야 하는데, 그 대사가 입 밖으로 나오질 않는 거다. 대신 억울함과 배신감, 어처구니없음에 눈물이 솟구치기 시작했다. 흐느끼는 소리가 귓전에 들려 잠을 깼을 정도다. 얼마나 생생하게 분노했으면 눈가에 물방울도 맺혔다. 태평하게 코를 골며 자고 있는 남편을 발로 한 대 걷어찬 뒤 그녀 생각했다. 설마 내가 이 남자를 아직도 사랑하는 거야? 반대로 이 남자야말로 나를 사랑하긴 하는 걸까?

남편이 그녀를 진심으로 사랑한다고 느꼈던 적이 있긴 했다. 첫애를 이틀간의 산통 끝에 출산한 날. 친정엄마의 증언에 따르면, 수혈까지 받아가며 제왕절개 수술을 한 아내가 죽기라도 할까 봐, 이 소심한 남자, 강보에 쌓여 나온 아기는 거들떠보지도 않은 채 창밖을 바라보며 서서 울고 있더란다. 두 눈이 벌게지도록. 남편이 한없이 원망스럽고 밉다가도 그 장면만 떠올리면 모든 것이 용서가 된다 하니 남자의 눈물, 그 위력은 참으로 대단하다.

고백하자면, 그녀 또한 남편을 진심으로 사랑하고 있다고 느끼는 순간이 있다. 뭔 사연이 있는 건지, 비 오는 날이면 베란다에 의자를 가져다놓고 앉아 30분이고 한 시간이고 하염없이 빗방울 흩어지는 풍경을 바라보는 남자. 언제부턴가는 아들 녀석과 둘이 나란히 앉아 비 오는 날의 풍경을 감상하는데, 불혹을 한참 넘긴 남자에게 십대 소년의 풋풋한 낭만이 느껴져 사랑스럽다. 가끔 창고를 헤치고 들어가 먼지 쌓인 기타를 꺼내 들기도 한다. 걸레로 꼼꼼이 닦은 뒤 조심스럽게 줄을 퉁겨보는 남편을 바라보며, 마흔의 그녀 추억한다. '그래, 이 남자 아니면 안 되었지.' 그리고 생

각한다. 남녀의 결혼을 굴러가게 하는 힘은 대단한 열정이나 사랑, 헌신이
아니라, 오히려 연민, 오히려 자질구레한 일상의 진정성, 거기서 하나둘
싹튼 작은 믿음들의 축적이라고……

　이 책은, 생각보다 환상적이지 않고, 아름답지 않으며, 그저 고단하게만
느껴지는 결혼이라는 깊고 넓은 강을 지혜와 유머, 배짱과 오기로 유쾌하
게 건너간 여자들의 이야기이다. 〈조선일보〉에 2년 4개월 동안 '줌마병법'
이라는 타이틀로 연재했던 칼럼에 20여 편의 이야기를 보탰다. 그녀들의
시시콜콜한 조언과 응원은 역사 속 어떤 위대한 사상가들의 가르침에 못
지않아서, 누구보다 나 자신이 치유되고 성장하는 은덕을 입었다.
　그녀들은 말했다. 지식보다는 지혜, 사랑보다는 믿음, 정의보다는 연민
이 우리 인생에서는 더없이 소중한 가치이더라고. 사랑하며 살날이 생각
보다 그리 길지 않으며, 살아가는 데는 차가운 냉소보다 따뜻한 눈물, 포
옹이 정말 필요하더라고. 결혼은 분명 고행이지만, 여장부로 태어나 한번
은 해볼 만한 수행이라고. '아줌마'라 불리는 이 땅의 통 큰 여인들을 존경
하고 사랑할 수밖에 없는 이유다.

2011년 1월
김윤덕

차 례

1

우리에게도
사랑했던
날들이 있었네

2

행복은
비싸지 않다

4

우리는 모두 같은 힘으로 살아간다

우리에게도
사랑했던
날들이 있었네

생각해보면 우리에게도
샤갈과 벨라처럼 사랑했던 날들이 있었던 것도 같습니다.
사랑했던 만큼 실망도 커서 악다구니하며
싸우는 것이겠지요.
착하고 아름다운 벨라라고 해서
샤갈이 늘 예뻐 보이기만 했을까요.

1

살아보니 사랑보다는 믿음, 그리고 연민이더라. 가
부장제 전통 강한 대한민국에서 남자로 태어나 '사
내답게', '건아답게', '대장부답게' 살아야 했고, 힘
들어서 다 떨쳐버리고 싶어도 '가장'이란 책임감에
속 시원히 울지도 못하고 속으로만 끙끙 앓아야 하
는 남자들. 잘 마시지도 못하는 술을 '남자'라는 체
면 때문에 들이부어야 하고, 간발
의 차이로 승진에서 밀려나면 세상
이 다 무너진 듯 절망해야 하는 샐
러리맨들이 우리 남편들이다.

모름지기
남편감이란……

"대머리만 아니면 돼. 배만 안 나오면 되지 뭐~."

말띠 처녀 종희 씨의 바람은 이렇듯 작고 소박했다. 마음만 통하면 되지 그깟 외모가 대수냐, 큰소리 땅땅 쳤다.

그런데 그게 아니었다. 서른을 넘기고 마흔, 거기서도 두 해가 더 지나자 똥줄이 탄 그녀의 모친이 기별도 없이 집 앞 대나무통밥집에 마련한 맞선 자리. 백운대 정상에 올라 식어빠진 김밥을 꾸역꾸역 집어 먹다 모친의 불같은 전화에 급히 하산한 종희 씨는 밥집에 들어서는 순간 입을 딱 벌렸다. "머리는 벗겨졌지, 눈은 양 방향으로 찢어졌지. 키는 작은데 떡대는 또 어찌나 벌어졌는지, 소도 때려잡게 생겼더라구."

집으로 돌아오자마자 얼굴이 벌게져서는 늙은 엄마를 다그쳤다. "하나밖에 없는 딸 껌 값에 치우려고 안달이 났어, 안달이." 그렇다고 물러설 그녀의 어머니가 아니었다. "생긴 게 밥 멕여주냐. 대학 나왔제, 직장 있제,

뭣보담 총각이제. 글고 네 나이가 적냐? 곧 폐경기다 이것아."

토끼띠 그 남자를 두 번째 만나던 날엔 얼굴 보기 괴로워 종일 영화만 봤다. 세 번째 만남 땐 '시간 낭비 말고 각자의 길을 가자' 선언할 참이었다. 그런데 이 남자, 비장의 카드를 들이댔다. "제가 이래 봬도 땅이 조금 있습니다. 헬기로 비료 뿌릴 정도는 아니지만 집 짓고 텃밭 일굴 만큼은 됩니다." 쌍수를 들고 반색한 이, 당연 어머니다. "모름지기 남편이란 돈 많고 사지 튼튼한 머슴형이 최고이니라."

외모만 접고 보면 그런 대로 귀여운 맛도 있었다. 그래도 결혼까진 아니었다. "암만 생각해도 안 되겠어. 대화가 안 통해. 내가 배낭 메고 도보 여행하는 게 취미랬더니 '발바닥 벗겨지게 뭐더러요?' 그래. 치앙마이의 다랑이논이 참 좋더라 했더니, 서울서 한 발짝만 나가도 논밭이 숱한데 뭣하러 돈 주고 그걸 구경 가녜."

그러자 관록의 어머니, 결정타를 날렸다. "죽고 못 사는 사이라야 결혼하는 거 아니다. 닮은 데 천지여도 시시콜콜 잘만 싸우더라. 너 좋다는 남자 있을 때 못 이기는 척 비끄러매란 말이시."

엄마와의 1년여 사투 끝에 토끼띠 남자와 백년가약을 맺은 종희 씨. 얼마 전 떡두꺼비 같은 아들을 낳았다는 소식과 함께 남편의 근황을 전했다. "심지는 다 빠지고 옆머리만 펄렁대는 게 꼭 부리부리박사 같애. 근데 그 인간, 얼마 전 고해성사를 하더라구. 땅 말이야. 울 엄마랑 짜고 친 고스톱

이었대. 우리 딸 잡고프면 돈으로 꼬셔야 한다 그러더래."

부리부리박사의 고백은 거기서 끝나지 않았다.

"그날 밥집에서 내빼고 싶었던 건 자기도 마찬가지였다더군. 똥자루만한 키에 등산화를 신고는 땀내 풀풀 내며 걸어 들어오는데 절망이 고동치더라나? 애프터는 꿈도 안 꾸고 있는데 그날 저녁 울 엄마 비장한 목소리로 전화했더래. '첫눈에 반하는 여자 찾다간 자네 총각귀신으로 늙어 죽네. 삼세번은 만나야지?' 마피아, 마피아 엄마 덕에 내가 시집을 갔단 말이지, ㅎㅎㅎ."

쇠고기무국
한 그릇

　　　　　따르릉! 언니, 추석 명절은 잘 쇘수? 몸살은 안 도졌고? 몸무게? 맞아! 나랑 '배둘레햄' 순례 갑시다, 하하!

　나? 말도 마. 내 평생 이런 명절은 또 처음이유. 시엄마랑 싸웠느냐고? 차라리 그게 낫지. 하나밖에 없는 서방님이랑 대판 싸웠다는 거 아니유. 까딱하면 이혼 도장 찍을 뻔했다니깐.

　바람? 바람 같은 큰 사건이면 내가 말을 안 해. 이보다 유치하고 치사할 수 없는, 참으로 찌질하디 찌질한 사건으로 그 분란이 났데니깐. 비밀 지켜주면 그 사연 말해주지. 언니 서방님한테도 절대 말하면 안 돼, 엉?

　그러니까, 이번 추석엔 바지런 좀 떨어서 딸내미, 아들내미 추석선물을 사지 않았겠수? 용돈 해라 지폐 몇 장 들려주는 거 재미없어서. 추석날 아침 절하는 우리 쌀강아지들한테 예쁘게 포장한 선물을 내밀었더니 둘 다 신이 났어. "엄마 사랑해", "엄마 최고" 온갖 애교를 떨어가면서.

그런데 남편이 대뜸 묻는 거야. "내 꺼는?" 순간 뻘줌했지만 농담이려니 해서 무질렀지. "당신은 나한테 절 안 했잖아." 그럼 웃고 넘어가면 될 것을, 이 남자가 아이처럼 팽 토라지네.

그런가 보다 하고, 시댁서 차례 지낸 뒤 친정 가는 길에 올랐는데, 이 남자 계속 퉁퉁거려. 애들도 있는데 입이 댓발 나온 채로 운전을 하니 나도 속이 꼬이더라구. 그래서 딴죽을 걸었지. "왜? 우리 집에 가기 싫어?" 대답도 안 해. 작전에 말리면 안 되는데, 슬슬 약이 오르겠지. 처갓집 가기 싫은 걸로밖에 안 보이는 거야. 해서 또 긁었지. "당신은 항상 이 모양이야. 단 한 번도 우리 집에 즐거운 마음으로 가는 걸 못 봤어." 말하고 나니까 이젠 약오름이 분통으로 활화산처럼 터지려는 거 있지.

남편도 물러서지 않더라구. 드디어 말문을 여는가 했더니 "너 혼자 애들 데리고 들어가!" 하고 찬바람 쌩 나게 말하겠지. 우리 엄마, 아빠, 삼촌들까지 평소 얼굴 보기가 대통령 만나기보다 힘든 사위, 조카사위 한번 보고 가려고 목이 빠지게 기다리는데 말이지. 창피하게 애들만 데리고 들어가서 무슨 말로 변명을 하느냐구. 그래서 "나도 안 가!" 했더니 기다렸다는 듯 바로 차를 돌려서는 집으로 달리는 거야.

비굴해도 그때 바로 꼬리를 내렸어야 했는데, 내가 성인도 아니고 그게 되겠느냐고? 뒷좌석에 겁먹은 얼굴로 눈치만 보고 있는 애들은 아랑곳없이 "그래, 내가 애초에 당신 같은 남자한테 시집을 오는 게 아니었어" 하고 내뱉은 거지. 소심한 우리 남편 지지 않고 "나도 네가 이런 여잔 줄 알았으면 연애도 안 걸었어, 불쌍한 건 나야" 하고 맞받아치는 거야. 원군이 필요한 순간이라 판단하고 아이들을 돌아봤지. "너희들 엄마랑 아빠랑 따로 살게 되면 누구랑 살 거야?" 하고 물었더니, 이 귀여운 것들, 직장 다니랴 집안일 하랴 고생하는 엄마의 공을 아는 건지 서슴없이 대답하네. "엄마랑!" 순간 뿌듯했지만 이내 남편의 어두워지는 표정을 보니 아차, 싶더라구.

머리끝까지 화가 난 남편, 집 앞에 우리 세 식구 달랑 내려놓고 그 길로 나가버려. 속상해서 방에 들어가 펑펑 울었지 뭐. 친정집에서는 계속 전화가 걸려오고, 애들은 저희들 방에 들어가 숨죽이고 앉았고. 다시 부아가 나기 시작해서 장롱 속 남편 옷가지를 트렁크 세 개에 실어 현관에 내다놨지.

남편은 어찌 되었느냐고? 뭘 하고 돌아다녔는지, 자정 넘어 들어와서는 짐 가방을 보고 열이 받은 거지. 날 더러 그러대. "네가 애들 옷 열 벌 살 때 내 옷 한 벌이라도 사봤어?" 정말 기가 딱 막히는 거 있지. 애들이야 내가 시장 가서 주워다가 입히지 않으면 빤스 하나도 못 사 입는 애들인데, 그걸 지금 말이라고 하느냐고. 그리고 부부 사이에 무슨 명절 선물이야. 그 주머니가 그 주머니인걸. 안 그러우?

그런데 남편의 논리는 전혀 다르더라구. 이건 마음의 문제라는 거야. "너의 모든 신경은 아이들에게 가 있고, 남편인 나는 발바닥의 때만큼도 여기지 않잖아. 내 건강이 어떤지, 요즘 내 고민이 뭔지, 나는 어떤 옷을 좋

22

아하는지 눈곱만큼이라도 생각해봤느냐고!" 하며 그야말로 절규를 하는데, 입담 하면 대한민국 어디에 가도 밀리지 않는 내가 완전 꿀 먹은 벙어리가 됐다니깐.

그야말로 전세역전! 트렁크 들고 현관을 나서려는 남편을 보니 가슴이 칠링 내려앉는 게 "지금 나가봐야 잘 데도 없으니 작은 방에 가서 자고 날 새면 밥이나 먹고 나가" 했지. 못 이기는 척 아들 방으로 꾸역꾸역 들어가더라구. 나? 잠이 올 리 없지. 하지만 결론은 분명했어. 그래 저 인간이랑 헤어져서 새 출발을 한들 장미꽃이 피겠는가, 바람을 피운 것도 아니고 선물 안 사줬다고 징징대는 남편이 어쩌면 순수하고 예쁜 거 아닌가, 뭐 이런 경지로 급후퇴했다는 거 아냐. 하하!

순진한 서방님, 독한 마누라한테 진짜 내쫓기는 줄 알고 덜컥 집이라도 나갈까 봐 서둘러 아침식사 준비했지. 일찍 일어난 딸내미한테 "아빠 깨워, 밥 먹게" 했더니, 요것이 "아침 반찬이 뭔데?" 하고 물어. 그래서 "쇠고기무국이다, 왜?" 했지. 나도 모르게 남편이 제일 좋아하는 쇠고기무국을 끓이고 있었던 거야. 그러자 우리 딸내미 투덜거리기 시작했어. "우리가 암만 엄마를 좋아하고 편들어도 엄마는 아빠밖에 모르지. 난 쇠고기무국 안 먹는데. 재호도 쇠고기무국 싫어하는데……."

그러니까 이게 결정타였수. 잠결에 그 소릴 들었는지 우리 서방님, 머리엔 새집을 짓고 부스스한 눈으로 방을 나오는데 입이 귀에 저만치 걸렸더라구. "엄마는 아빠밖에 모르지" 그 말에. 하하!

언니, 내가 이렇게 살우. 애나 다름없는 남편이랑 토닥토닥 싸우면서.
불쌍하지. 뭐? 행복해서 깔딱 넘어가겠다고?

13년 만의
합방

　　　　줌마 씨 안녕? 새벽녘 봄비는 추적이는데 잠은 오지 않아 메일 한 통 날려요. 마누라야 잠을 설치든 말든 대자로 누워 힘차게 코를 고는 마흔여덟 우리 서방님 이야기랍니다. 아직도 한 이불 덮고 자느냐고요? 그러게 내 얘기 좀 들어봐요.

　우리도 신혼 땐 참 다정했어요. 서로의 콧바람 맞으며 팔베개를 해야 잠이 들었으니까요. 한데 세월이 흐르자 신혼 땐 '딴 짓' 하느라 몰랐던 서로의 화려한 잠버릇을 알게 됐지요.

　남편 코골이는 정말 심각했어요. 어느 날은 "드르렁드르렁~"이다가, 어느 날은 "카악 컥!" 하고, 또 어느 날은 "푸르르 풀풀" 하는 게 당최 정신을 못 차리겠어요. 술 마시고 들어온 날엔 그야말로 벼락을 쳐대는데, 코골이 때문에 이혼했단 말이 남 얘기 아니더라고요. 옆으로 누워 자게도 하고, 코골이 특효 베개도 사다 주고, 등짝에 테니스공까지 달아줬는데도 세상에 이런 불치병이 없습디다.

잠 못 자는 건 그렇다 쳐요. 신문에 보니 코 고는 소리의 세기가 최대 80 데시벨이라는데, 자동차 경적 소리, 아니 비행장 소음에 맞먹는다는 거지요. 80데시벨에 매일 한 시간 이상 노출되면 청력 장애가 온다는데 아무리 부부 일심동체라지만 코골이 남편 때문에 귀까지 먹을 수야 없지 않겠습니까.

하여 퇴근한 남편을 앉혀놓고 조심조심 말했지요. "여보, 부부싸움도 한 이불 속에서 해야 한다는 게 내 철칙! 하지만 서로의 건강을 위해 밤에 잠시 떨어져 잔다고 해서 너럭바위처럼 단단한 우리 금슬에 금이 가겠어?" 그러자 남편이 뜻밖에 반색을 합니다. "기분 나쁠까 봐 여태 말 안 했는데 당신 발등 비벼대는 소리도 장난 아니야."

그렇게 각방 쓰기 시작한 지 10년 하고도 3년. 잠은 꿀맛이요, 각방 쓴다고 남남 될 일은 더더욱 없는데, 이름 하여 '글로벌 경제위기'란 놈이 우리 부부 다시 합방하는 기적을 일구었다 이겁니다. 남편이 운영하던 출판사 매출이 반 토막 나면서 유학 간 아들놈 학비 대기도 빠듯해진 거죠. 그래 둘이 살던 아파트를 처분하고 남편 사무실에 있던 여분의 방으로 살림을 옮겼지요.

13년 만의 합방은 어색하고도 감격스러웠습니다.

"오랜만이야."

26

"그러게……."

문제는 다시 코골이였습니다. 한데 신통하게도 남편은 내가 발가락으로 콕 찌르면 취침 중에도 자동으로 볼륨을 낮추었습니다. 내 님의 콧구멍도 불황에 적응한 걸까요. 물론 오늘처럼 불면의 날엔 밖으로 뛰쳐나가고픈 마음 간절하지만, 낭군님 하신 말씀 있기에 꾸욱~ 참습니다. "요즘처럼 힘든 시절, 당신 손잡고 자니까 좋다. 따뜻하고, 든든하고."

이것이 바로 제가 거꾸로 누워서 잘지언정 코골이 남편을 끌어안고 자는 사연입니다. 굿나잇, 줌마!

남이 버린
물건을 탐하라

　　생애 최대의 불경기. 마른 행주도 짜서 쓴다는 짠
순이들이 수다방에 모였다.

　"경제 개념이라곤 눈곱만큼도 없는 내 남편 때문에 푸념 좀 하려고요.
우리 동네 미용실에선 쿠폰에 도장 열 개를 찍게 되면 공짜로 커트를 한
번 해주는데 마침 남편이 머리 자를 때가 됐기에 쿠폰을 들려 보냈더니 이
인간이 쿠폰 내고 팁이라며 2천 원을 얹어주고 온 겁니다. 당장 남편을 앞
세워 미용실로 찾아갔죠. 팁을 받을 거면 쿠폰은 왜 주느냐, 단골을 이렇
게 배신해도 되느냐……. 2천 원을 도로 찾고 나서야 분이 풀리는데, 남편
은 충격으로 그날 저녁밥을 굶었습니다."

　"우리 남자는 제가 하도 닦달해서 3천 원 이상 현금을 쓰면 꼭 현금영수
증을 받아와요. 근데 딴엔 무지 괴로운가 봐요. 하루는 테이크아웃점에서

커피를 주문한 뒤 모기 목소리로 '현금영수증 주세요오~' 했더니 뒤에 줄 선 미스들이 키득키득 웃더래요. 쪼잔해져서 더는 못 해먹겠다 저항하기에 제가 그랬죠. '그러게 자판기 커피나 뽑아 먹지 왜 어린애들 흉내를 내고 그러시나.'"

"아유~ 너무들 하신다. 남편 품위는 지켜줘가면서 아껴야죠. 저는 어느 난전서 양복을 떨이하기에 이게 웬 떡이냐 하고 사다 입혔다가 남편 망신 톡톡히 시켰습니다. 회사 옷걸이에 걸린 양복 윗도리를 보고 동료 직원이 '어~ 새 옷이네' 하며 옷깃을 펼치는데, 라벨에 '中' 자가 떠억 적혀 있었단 거예요. 인디안도 아니고 갤럭시도 아니고 대·중·소의 중이요."

"우리는 남편이 완판 스크루지예요. 한겨울에도 식구들 체온 모아 난방비를 아껴야 한다며 한방에 모여서 자게 해요. 애들한텐 귀에 딱지가 앉도록 설교를 하죠. 얻어먹는 걸 부끄러워 마라, 남이 버린 물건을 탐하라, 절대 아프지 마라……. 지난 주말엔 호떡이나 사 가려고 집 앞 포장마차 앞에 줄을 섰는데 웬 남자가 '오뎅 한 개 얼마예요?', '닭꼬치는요?', '그럼 호떡은?' 하고 연방 묻더니 '왜 이리 비싸~아?' 하며 입맛만 쩝 다시고 가데요. 웬 쫀쫀한 사내인가 싶어 목을 빼고 봤더니 글쎄 우리 낭군입디다."

"흐흐~ 우리 신랑도 비슷해요. 출장 가면 호텔에 있는 샴푸, 비누, 스킨 샘플에 면봉까지 싹쓸이해와요. 한번은 기내 식판에 나오는 멜라민 그릇까지 챙겨와 기겁을 했죠. '안 창피해?' 하면 '그게 다 숙박비, 항공비에 포함돼 있는 거야' 하며 의기양양해한답니다."

"젊은이들이 참 신통방통하게들 사는구먼. 하지만 절약도 경우 있게 해야 혀. 우리 아파트 6층에 사는 할마시는 마실을 핑계로 꼭 내 집에 와서 볼일을 봐. 변기 물 한 번 내리는 데 수도세가 얼만디. 그날도 현관 들어서기가 무섭게 화장실로 직행하기에 면박을 줬지. '엘리베이터 타고 오다 안 쌌어? 그리 급하면 당신 집에서 보고 올 일이지 왜 꼭 내 집이여?' 그랬더니 이 할망구 피식 웃으며 이렇게 말하더구먼. '당신 메느리는 요 앞 초등학교 가서 보고 오던걸?'"

안식년까진 몰라도
월차를 달라

줌마 씨, 안녕하세요?

일면식 없는 사람에게 불쑥 메일이 날아와 적이 놀라셨나요? 명절 넘기고 나니 가슴이 뻥 뚫리는 게 누구에게라도 편지를 쓰고 싶어져서요. 가을은 폐경과 함께 단풍색 홍조를 달고 사는 오십대 여인의 계절이기도 한 모양입니다.

그나저나 명절은 잘 쇠었나요? 그나마 연휴가 3일뿐이라 얼마나 다행이던지요. 새벽별 보며 일어나 보름달 휘영청 꺾일 때까지 일해야 하는 7대 종가 시댁에서의 중노동도 올해는 다섯 동서들의 명랑한 수다 덕분에 비교적 가뿐하게 견뎠답니다.

썰렁한 자식 자랑, 공포의 돈 자랑으로 이어지던 대화가 올해 대변화를 맞이한 건 세계 증시의 폭락 때문이 아닙니다. 바로 '건망증' 덕분이지요. 칠순의 시어머니께서 송편에 넣을 녹두고물 봉다리를 잃어버려 집 안을 한번 뒤집었다 엎는 바람에 근로시간 내내 건망증 무용담이 속출했답니다. 들어보실래요?

"목욕탕 갔다 오는데 멀리서 웬 남자가 반갑게 인사를 해. 낯익은 얼굴인데 수퍼 총각인지, 세탁소 총각인지 도통 생각이 안나. 궁금해서 물었지. '근데 누구시더라?' 그러자 남자가 그래. '희경이 담임입니다…….'"

"저는 굴러가는 차만 타면 제정신이 아니에요. 남대문 가려고 분명히 4호선을 탔는데 내렸다 하면 동대문인 거 있죠. 언젠가는 친정 가려고 광주행 고속버스를 탔는데 터미널에 내리니, 세상에, 동대구더라고요."

"난 신문에 날 뻔했지. 소족 달이던 가스 불을 안 끄고 왔다 갔다 여덟 시간이 걸리는 시골 친척 결혼식에 갔다 오지 않았겠어? 이게 다 시간 없다며 영감탱이가 크락숀을 빵빵 울려대서야. 아파트 전체가 난리가 났지. 중앙밸브를 잠가 온 주민이 저녁밥도 못 해 먹고 우리 오기만을 도끼눈 뜨고 기다리고 있는데, 쫓아내지만 말아달라고, 집집이 다니며 머리가 땅에 닿도록 빌었어."

"저는요, 준희 아범이랑 모처럼 한이불 덮기로 해놓고 샤워를 하러 갔어요. 머리 감으려고 고개를 숙이는데 타일 바닥에 물때가 새까만 거예요. 습관처럼 솔로 박박 문지르기 시작했죠. 바닥을 닦다 보니 벽도 문지르게 되고. 그렇게 30분이 지났을까. 화들짝 놀라 욕실 문을 열어보니 이 남자

팬티만 입은 채 곯아떨어진 거 있죠. 히히!"

저야말로 그놈의 건망증 때문에 허구한 날 남편에게 "머리가 나쁘네", "그래서 애들이 공부를 못하네" 갖은 타박을 듣고 살았죠. 처음엔 고민이 심하게 되더니, 나이 오십 먹으니 알겠어요. 치마 입을 때 허리춤에 차곡차곡 개어 넣어야 들어가는 뱃살들, 그리고 이 건망증이야말로 대한민국 여자로 태어나 요령 피우지 않고 성실하게 살아왔다는 훈장이란 걸요.

그래서 남편에게 선포했지요. 이제부터라도 한 달에 한 번 '월차'를 쓰겠노라, 건망증은 뇌 자체보다는 심리적 불안감이 더 큰 원인이라 하니 나도 나만의 시간을 갖겠노라, 누구처럼 안식년 내놔라 않는 게 어디냐, 그러면서.

아, 녹두고물은 어찌 되었느냐고요? 현관 밖 음식물 쓰레기통 안에서 발견되었지요. 그나저나 월차 내서 광화문 가면 커피 한 잔 사주실래요?

여보,
난 율 브린너 타입이야

인터넷 카페 '사랑, 그리고 이바구'
에 '댁의 남편은 안녕하십니까?'라는 제목의 토론방이 떴다. 토론의 저의
가 남편 흉인지 자랑인지 분간 안 되는 경우 많았으나, 분명한 건 '세상에
남편 종류는 참으로 다양하다'는 사실이었다.

소심새댁: 그러니까…… 저희 신랑 취미가 변기 닦기입니다. 제가 샤워
기로 대충 청소하고 나오면 그로부터 3분 이내 고무장갑을 끼고 들어가
뽀드득 소리가 날 때까지 수세미로 박박 문지르고 나오지요. 어느 날은 두
다릴 쪼그리고 앉아 욕실 수챗구멍에 걸린 머리카락을 한 올 한 올 건져내
는데, 그 표정이 어찌나 진지하던지요. 제 머리카락이 다 쭈뼛 섰답니다.

대범녀: 자기 손에 피 묻힐라 모기 한 마리 못 잡는 우리 낭군보다야 백
배 낫구려. 바퀴라도 나타나면 식구 중 제일 먼저 소파 위로 두 발이 올라

가는 인사인지라, 고왔던 내 손이 모기 바퀴 박멸하느라 굳은살이 스테이크처럼 박혔다우.

순둥걸: 우리 서방님은 회사 부장님한테 깨지는 것보다 얼굴에 뾰루지 나는 걸 더 끔찍해해요. 이마에 뾰루지라도 하나 생기면 이 몰골로 회사엘 어찌 가느냐며, 바늘 가져와라, 연고 가져와라, 컨실러 가져와라 아침부터 혼을 쏙 빼놓지요.

쇼핑마마: 궁상과(科) 쇼퍼홀릭인 우리 남편은 일요일이면 혼자 백화점으로 나섭니다. 9층 아울렛 매장부터 훑기 시작해 지하 식품매장까지 꼬박 두 시간이 걸리는데, 정작 집에 들어올 때 손에 들려 있는 거라곤 무좀 퇴치용 발가락 양말 두 켤레뿐이죠. 그것도 백화점 옆 노점상에서 떨이로 산! 쇼핑의 참맛이 거기 있다네요.

낙천맘: 보신주의자 남편 궁상도 만만치 않아요. 술에 만땅 취해 들어와도 그날 분 비타민 세 알은 꼭 찾아 먹는 남자가 우리 집 든든한 가장이지요. 친정엄마가 남편 몰래 먹으라고 달여 보낸 홍삼물도 귀신같이 찾아내 5학년 아들놈이랑 하루 만에 작살냅니다. 몸 하나는 탄탄하겠다고요? 저까지 셋이 걸어가면 미셰린 3인방입니다.

비비안홍: 좀 오래된 얘기이긴 한데 들어보실라우? 머리숱 없는 제 남편은 신혼 이래 잠자리를 할 때면 가발에 콧수염을 달고 나타났지요. 신부에 대한 예의라면서! 거기다 가능하면 눈은 뜨지 말아달라 부탁을 하더

군요. 하루는 밖에서 무슨 소리가 들려 나도 모르게 눈을 번쩍 뜨고 말았는데, 남편 모습이 가관입니다. 가발은 반쯤 벗겨져 돌아가 있고 콧수염은 턱 밑에 가 붙어 있고. 혀를 깨물고서라도 참았어야 했는데, 한번 터져 나온 웃음 그치지 않더군요. 남편 자존심도 있고 해서 콧수염까지 붙인 사연 물어본 적 없는데, 어느 날 남편이 고백하더군요. "나, 당신에게 클라크 케이블 같은 남자가 되고 싶었어." 저는 눈물을 머금고 답해야만 했습니다. "여보, 난 율 브린너 타입이야."

우리에게도
사랑했던 날들이 있었네

　　재스민 향기 진동하던 지난해 9월, 저는 출장차 프랑스 남부의 작은 마을 '생 폴 드 방스'에 있었습니다. 니스에서 남서쪽으로 30킬로미터 떨어진 이 마을은 16세기 중세 유럽의 풍광이 고스란히 남아 있는 데다, 화가 마르크 샤갈이 여기서 말년을 보냈다 하여 사계절 관광객이 북적이는 곳입니다.

　　카페와 갤러리, 아틀리에 즐비한 골목을 따라 마을 끝까지 올라가면 언덕배기에 공동묘지가 나옵니다. 샤갈이 묻혀 있는 곳입니다. 그의 캔버스를 물들였던 현란한 색채에 비하면 무덤은 단출하기 짝이 없지만, 바람 소리 때문이었을까요, 청명한 아침 햇살 덕분이었을까요. 그 앞에 서니 신령한 기운마저 느껴졌습니다.

　　무덤에는 마르크 샤갈과 그의 두 번째 아내였던 바바 샤갈이 함께 잠들어 있습니다만, 관광객들은 사별한 첫 아내 벨라에 대해 이야기합니다. 고향인 러시아 비테브스크에서 벨라를 보고 한눈에 반한 샤갈은 툭하면 아내의 모습을 화폭에 담았지요. 얼마나 사랑했으면 아내를 안고 하늘을 나는 그림, 부엌 창가에 선 아내의 머리 위로 날아가 목 꺾어 키스를 날리는 그림을 그렸을까요. 그런 벨라의 갑작스러운 죽음에 샤갈은 절망합니다. "하늘에선 천둥이 치고 소나기가 쏟아졌으며 눈앞이 깜깜해졌다"라고 울부짖으면서.

예수회 김영택 신부님은 갈등 있는 부부를 대상으로 한 피정(避靜) 때 반드시 '배우자의 장례식'을 치르게 합니다. 아내, 혹은 남편이 죽었다고 가정한 뒤 장례를 치르고 하루 동안 홀로 떨어져 있게 하는 의식인데, 이튿날 다시 만난 부부들은 예외 없이 눈물을 흘리며 서로에게 용서를 구한다고 하지요. 물론 그 약발 길어야 한 달이고, 머리 나쁜 새처럼 싸우고 화해하기를 반복하다 보면 한 세월 또 강물처럼 흘러갑니다.

생각해보면 우리에게도 샤갈과 벨라처럼 사랑했던 날들이 있었던 것도 같습니다. 사랑했던 만큼 실망도 커서 악다구니하며 싸우는 것이겠지요. 착하고 아름다운 벨라라고 해서 샤갈이 늘 예뻐 보이기만 했을까요.

제가 아는 어느 엽기적인 아내는 약만 바짝 올려놓고 코 골며 잠든 남편의 허벅지에 시퍼런 유성펜으로 가위 그림을 그려넣으면 분이 풀린다고 하더군요. 누구는 남편 휴대폰에 문자 폭탄을 장렬하게 쏟아붓고 나면 속이 뻥 뚫려 잠이 그렇게 잘 올 수 없다고 합니다. 남편이 죽도록 미울 때 그의 코흘리개 시절 사진을 꺼내 본다는 여인도 있습니다. 이 몹쓸 인간에게도 이처럼 천진난만한 때가 있었던가 웃음이 터진다면서. 아, 닭살이라고요?

지금쯤 생 폴 드 방스엔 붉은 장미꽃이 흐드러졌을까요. 남편과 자식, 모든 일상으로부터 증발해버리고 싶을 때, 꼬불쳐둔 쌈짓돈 털어 어디로 든 훌쩍 떠나시자고요. 혼자인들, 동행이 남편이 아닌들 뭐 어떻습니까.

르네상스 여인의
다이어트

알미운 시누이는 명절 오후면 빈손으로 쪼르르 달려와 별 시답잖은 유머를 선물이랍시고 늘어논다.

"언니, 마누라와 정치인의 공통점 알아요? 첫째, 돈을 무쟈게 좋아한다. 둘째, 행선지를 밝히지 않고 하루 죙일 돌아다닌다. 셋째, 말로는 당할 수가 없다. 넷째, 내가 뽑았지만 싫을 때가 한두 번이 아니다. 다섯째, 바꾸려면 절차가 너무 복잡하다…… 재밌죠?"

거기까지면 좋다. 해마다 잊지 않고 반복하는 레퍼토리가 있으니 그놈의 3대 불가사의!

"중딩 아들내미 그렇게 내박쳐도 탈선 안 하는 거, 사골국에 보약을 물 먹듯 들이켜도 눈곱만큼도 살 안 붙는 울 오라버니, 드럼통에 섹시미라곤 없는 언니를 오빠가 신주단지 모시듯 아낀다는 거. 하하!"

그동안은 덕담인지 악담인지 분간이 안 돼 대강 흘려들었지만, 지난 추석엔 달랐다. 살이 쪄도 너무 쪘던 것이다. 숨 쉬기가 답답하고, 다리가 안 꼬이고……. 77사이즈 통바지 입어보다 엉덩이 솔기가 터지면서 백화점 출입 삼간 지 수삼 년이었다.

복진 씨, 그래서 결심했다. 내 나이 마흔 하고도 셋! 나도 한번 처절히 살을 빼보리라! 다이어트로 재벌 됐다는 모 한의원을 찾아 나선 게 추석 연휴 다음 날. 콧수염 느끼한 오십대 한의사는 다짜고짜 체중계부터 들이댔다. "흡~" 0.1그램이라도 줄여볼 요량에 있는 힘껏 숨을 들이쉬자 의사가 꾸짖었다. "숨 쉬세요!" 식이요법이라며 식판에 담겨 나온 음식도 참담했다. 잡곡밥 한 줌에 희멀건 동치미, 멸치볶음이 전부. "밥 한 숟갈에 젓가락질 한 번입니다. 약 빠짐없이 드시고요."

기적은 주님께만 있는 게 아니었다. 한 달이 지날 무렵 바지춤이 헐렁해지더니, 두 달째엔 7킬로그램이 감쪽같이 사라졌다. 지엄한 약발 때문인지 끼니마다 입 안이 쓰고, 그토록 허발하던 족발을 봐도 속이 메슥거렸다. 문제는 도통 즐거운 일이 없다는 거였다. 주구장창 게임만 하는 아들놈에게 잔소리는커녕, 천장만 바라보다 병든 새처럼 잠들었다.

샘님 남편이 '폭발'한 건 다이어트 석 달로 접어들던 날이었다. "당신 살 빼면 난 왕(王)자 근육 만들어야 해? 나 모성 결핍이라 어릴 적부터 살집 푸짐한 르네상스의 여인들 좋아했다고 몇 번을 말해. 처녀 때나 지금이나 당신은 족발 뜯으며 웃을 때가 젤로 이쁘다구. 진짜, 진짜라구."

　이리하여 다이어트 그날로 물 건너갔다. 남편 발언, 매달 솔찬히 드는 한약 값이 아까워 나온 궁여지책인 줄도 안다. 그래도 후회하지 않는다. 까짓것, 살이라는 애물단지 맘만 먹으면 언제든 뺄 수 있다는 자신감 얻었으므로.

　이번 설에도 시누이는 3대 불가사의를 읊으리라. 하지만 복진 씨 이번만은 그냥 넘어가지 않을 참이다. "멸종 위기 북극곰들 어디 갔나 했더니 홍제동에? 아가씨 빙산 유머에 서방님 안면 근육 마비 안 된 거 보면 참말 불가사의야. 호호."

가끔 남편들 수다도
들어주자

　　　　　　　　　일 잘하고 싹싹하기로 소문난 재무팀 정
과장. 금요일 밤이라 귀가를 서두르는 마케팅팀 이 과장과 최 과장에게
"딱 한 잔씩만 하자"라며 애걸을 한다. "왜, 고민 있어?" 한번 마셨다 하면
말술이지만, 절대 먼저 권하는 법 없는 젠틀맨 정 과장이어서다.

　"마누라 땜에 미치겠어."

　"어째, 애인이라도 생겼대?"

　사연이 요지경이긴 했다. 시부모 물려주신 집 팔아 강남 월셋집으로 이
사를 단행한 아내가 4학년 아들놈을 쥐 잡듯 한다는 거였다. 사납고 집요
하기가 드라마 〈겨울새〉의 박원숙 저리 가라여서, 영어학원 성적이 지난
달보다 2점 떨어진 아들 종아리를 '쩜당 10'으로 계산해 그 자리에서 스무
대를 때리는가 하면, 숙제 다 할 때까지 잠 안 재우기가 다반사란다. 아이
책상 앞에 빼곡히 붙여놓은 표어들도 가관이다. "개같이 공부해서 정승같

이 놀자", "오늘 흘린 침, 내일 흘릴 눈물", "학벌은 돈, 성공은 성적순이잖아"······.

"제수씨랑 진지하게 얘기해보지 그래?"

"애 엇나간다 협박을 해도 절벽이야. 교육은 당신처럼 입으로 떠벌리는 게 아니라는 둥, 이렇게 해도 특목고 갈 둥 말 둥이라며 두 눈을 부라리는데, 저 여인이 첫눈 온다고 손뼉 치며 좋아라 하던 그 여인이 맞나 의심스러워."

이때 말없이 소주만 들이켜던 최 과장, 마침내 입을 연다. "돌파구가 없지는 않지." 듣자 하니 최 과장의 아내 또한 지역구의 소문난 맹모(猛母)였다고. 한때 별거까지 결심했던 그가 막판 승부수로 띄운 비방은 의외로 간단했다.

비방 1. "사나운 아내는 게으른 남편이 만들지. 정 과장, 토요일 새벽이면 있는 끈, 없는 끈 다 동원해 골프 치러 가지? 아니면 늘어져라 주무시고. 미친 척하고 토요일 오후 네 시간만 애한테 투자해봐. '내가 집안의 왕'이라고 울부짖는다고 왕이 되나? 신물, 즉 물증이 있어야 가장의 말발이 서는 법."

비방 2. "'공부 암만 잘해도 성격 이상하면 하버드가 싫어한다' 유의 신문 기사들 오려서 어부인 화장대에 올려놓기. 씨알도 안 먹힌다고? 그래서 반복학습이 중요하다고 선생님들 누누이 말씀하시지."

비방 3. "밀어(密語)는 동료 여직원 말고 마누라에게! 대학까지 나온 여자들이 사교육 광풍에 휩쓸리는 진짜 이유 알려줄까? 공허함 때문이야. 애 학교서 살다시피 하는 엄마들 목적이 자아실현 때문이라잖아. 억울하지만, 다 남정네 하기 나름일세."

가끔은 남편들, 아니 남자들 말에 귀 기울여봅시다. 모여서 무슨 구시렁들을 하는지. 나이 어리다고 소홀히 볼 일도 아닙니다. 퇴근해 방문을 열어놓은 채로 옷을 훌훌 벗어 던지다 방귀를 뿡 뀌는 엄마에게 여덟 살짜리 아들 녀석이 문지방에 서서 구시렁거립니다. "엄마는 변태야."

싸우지 않되
포기하지 마라

부처 같은 남편이랑 사는 여자는 행복할까요, 불행할까요?

이 엉뚱한 질문이 떠오른 건 얼마 전 '부처 같은'이 아니라 '전생에 아예 부처였던' 남편과 사는 티베트 여인을 만났기 때문입니다.

티베트 망명정부의 살림살이를 도맡고 있는 린첸칸도라는 여인인데, 그녀의 남편이 네 살 때 활불(活佛)로 인정받은 환생한 부처라고 합니다. '살아 있는 성자' 달라이 라마가 가장 총애하는 막내 동생이라고도 해서 '밴댕이' 남편들을 애물단지처럼 끼고 사는 뭇 여인들의 부러움을 한 몸에 받았습니다.

그런데 부처의 아내가 들려준 부처 남편의 '정체'가 좀 뜻밖입니다. 성격이 어찌나 급한지 '다혈질'이란 말이 딱 어울리고, 자기밖에 모르는 남자라 책 읽기에 한번 빠지면 문 밖에서 불이 나도 내다보지 않는답니다.

자기가 옳다고 생각하면 상대의 형편은 아랑곳없이 그 자리에서 직설로 면박을 주고, 부부 간, 부자 간 맹세한 비밀이나 약속은 절대 안 지키는 철부지 구제 불능 남편이라네요.

부처의 아내는 웃으며 말했습니다. '결혼이 곧 수행'이라는 것을 부처 남편과 함께 살면서 깨달았다고요. 그리고 또 말하더군요. 모든 사람이 결혼할 필요는 없지만 일단 결혼해 아이를 낳았다면 여성이 가정의 평화에 좀 더 기여해야 할 거라고요. 억울하지만, 생명을 잉태한 자로서의 여성이 지닌 영성(靈性)이 남성의 그것보다 훨씬 높기 때문이라는데 여러분 생각은 어떠신지요.

그렇다고 버지니아 울프가 비판한 '집안의 천사'가 되라는 뜻은 아니었습니다. "작고 사사로운 일은 남편 마음대로 하게 두고, 크고 중요한 일에서는 기필코 나의 의지를 관철시킬 것", "싸우지 않되 포기하지 않는 것"이 부처의 아내가 제시한 '병법'이었습니다.

육아 역시 그녀에겐 수행의 한 방편이더군요. "특히 십대, 사춘기에 접어든 아이들은 부모를 최고의 수행자로 이끈다"라고 해서 폭소가 터졌지요. "부처님은 이 세상에서 어떤 두 사람도 같지 않다고 말씀하셨어요. 부모가 옳다고 믿는 것을 아이에게 투사하지 않으려고 노력하는 것, 그것이 수행입니다."

예순 넘은 그녀가 아이처럼 티 없이 맑고 순박한 미소를 지닌 건 매일매일 실천하는 일상의 수행 덕분인지도 모릅니다. 아침에 일어나 짧게 묵상하고, 그날 자신이 갖고 있는 무언가를 필요로 하는 사람에게 기꺼이 나눠 주고, 잠들기 전 오늘 내가 무엇을 잘못했는지 어린아이처럼 반성하는 것!

　그래서일까요. 결국은 파계(破戒)를 선언한 전(前) 부처 남편과 아웅다웅 싸우며 늙어가는 요즘이 그 어느 때보다 행복하다며 티베트의 여인은 방긋 웃었습니다.

밤이 무서우면
무섭다고 말하세요

'나라를 위해서'라고는 할 수 없지만, 산업 전선에 나가 일도 하고 미래의 인재도 낳아 키우는 베테랑 여전사 넷이 한 자리에 모였다. 한 달에 한 번 전략적 수다 모임을 갖는 그녀들이 번개팅을 가진 까닭은 "아무래도 내 육신에 큰 변고가 생긴 것 같소" 하고 급전을 친 쌍문동 장 여걸 때문이다.

"남부끄럽소이다만, 어디 하소연할 데가 없어 콜하였소."

"대체 어인 일이오? 중병에라도 걸린 것이오?"

"그것이 아니고, 낭군님 무서워 집에 들어가기가 겁난다오."

"설마하니 폭력을?"

"그리 당돌한 남정네는 아니오. 혹여 이제 겨우 불혹인 내가 불감증에 걸린 건 아닌지 그것이 근심이오. 귀가해 식솔들 밥 먹이고 집 안 소제하고 아이들 숙제까지 봐주고 나면 몸이 파김치인데, 텔레비전 보며 낄낄대던 낭군이 슬그머니 일어나 욕실로 가는 모습을 보면 간이 철렁 내려앉으니 말이오. 다른 집들은 부인이 물을 끼얹으면 남편이 공포에 떤다던데, 이 무슨 망측한 변고인지…….”

그러자 독산동 고 여걸, 황망한 표정으로 말허리를 자른다.

“장 언니는 어디 조선시대에서 환생한 모양이오? 그건 불감증이 아니라 방귀 뀌듯 지극당연한 현상이오. 요즘 시대에 허구한 날 낭군 기다리며 물 끼얹는 여인네 있으면 나와보라 하시오. 하루하루 사는 게 전쟁이라, 드라마는커녕 바닥에 머리만 댔다 하면 코를 고는 마당에 샤워라니요! 산업전선에 있는 대한민국 여인 중 9할이 부부관계 땜에 밤을 두려워한다는 통계를 정녕 못 봤단 말이오?”

장충동 사는 최 여걸도 가세한다.

“가장 최악의 경우는 음주가무를 즐긴 뒤 새벽바람에 들어와 찬 발가락 비비대며 이불 속으로 파고드는 낭군입지요. 한껏 무드를 잡아도 마음이 동할 똥 말 똥인데, 술 취한 돈키호테처럼 무조건 돌진하려고만 기를 쓰니 짜증이 버럭 나 이만기 식 들배지기로 방바닥에 고꾸라뜨린 적도 있다오.”

이때 시종 관망만 하던 가회동 오 여걸, 의미심장한 목소리로 침묵을 깬다.

“그래도 돈키호테처럼 덤벼들 때가 행복한 줄 아시구려.”

“???”

“들입다 책만 파는 낭군이랑 사는 여인의 비애를 아시는지……. 밥숟가락 내려놓자마자 아침에 못다 읽은 신문마저 읽고 광고 전단지까지 훑은 뒤 서재로 직행하면 새벽 두세 시가 되도록 책상 앞에만 붙어 있으니 환장할 노릇이지요. 어찌 좀 여지를 마련할 요량으로 '아이들과 잠시 담소라도 나눠주오' 하면, '부인은 나 입신양명하는 게 그리도 아니꼽소?' 하며 미간을 찌푸리는데, 수도원이 어디 먼 데 있는 게 아닙디다. 아이들 몰래 허벅지 꼬집다 새우잠 든 지 벌써 여러 해. 그러니 업어치기 메치기들 하지 마시고 고매하게 말로들 푸시구랴. 싫으면 싫다, 좋으면 좋다. 여하튼 부러우이."

당신은
사랑을 몰라예

"동민이 아부지⋯⋯."

"와."

"내 오늘 〈색계〉 영화 봤심더."

"언 눔이랑?"

"언 눔은예⋯⋯. 혼자서 봤지예."

"변태가? 그런 영화를 혼자 보게."

"개봉하기가 겁나게 여직원들 떼로 끌고 가서 본 당신이 변태지예."

"그래 재미가 우떻드노?"

"울었어예. 것도 퍼엉~펑."

"울어? 그기 울 영화가?"

"냉혈한 양조위가 꽃 같은 탕웨이 손에 반지를 끼워줌시롱 '나가 니를 펴엉~생 지켜줄끼다' 카매 미소 지을 때⋯⋯. 스파이로 탄로 난 탕웨이가 총살당해 죽아뿐 뒤 여자의 텅 빈 침대를 쓰다듬시롱 조위 글마가 눈물을 글썽일 때……."

"야야~ 내숭도 정도껏 떨래이. 니 솔직히 말해라. 영화에 나오는 거 머시냐, 우로 아래로 서커스 빰치는 체위를 일생에 한 번도 못 해본 기 억울해서 운 거 아이가. 엉?"

"당신은 사랑을 몰라예."

"와 몰라. 그 반지가 왕방울 다이아였으니 여편네들이 눈물을 질질 짜는 기다. 좁쌀만 한 쓰브였어 봐라."

"그냥 다이아니꺼. 태어나 처음 사랑에 눈뜬 사내의 순정이 담겨 있다 아입니꺼."

"시끄럽다. 양조위의 다이아나 김중배의 다이아나 매한가지다 글씨. 영화에 교훈이 하나 있다면 여자는 그저 거칠게, 터프하게 몰아붙여야 좋아라 한다, 그거뿐인기라."

"누가 들면 무쟈게 터프한 남편이랑 사는 줄 알겠네예."

"말이 그렇다는 기지."

"머스마한테 하도 씨달려가 탕웨이 눈 밑이 푸르딩딩해진 것도 못 봤어예? 육탄 공격도 어쩌다 한두 번이지. 다정한 말 한마디, 진심이 담긴 쪼매난 손길 하나에 감동하는 기 여잡니더. 마흔 줄의 여자들이 나이 까마득 어린 훈남들이랑 연애하는 꿈을 꾸는 이유가 뭔데예."

"미칫다, 마 징그룹다."

"이건 비밀인데예, 옆집 철이 어무이는 가수 성시경이랑 회전목마 타는 꿈을 꿨다 카데예. 취향 독특하지예."

"그라는 니는?"

"〈커피 프린스〉의 히어로우 공유."

"안 들리나? 글마가 놀라 벽에다 머리 찧는 소리. 헛소리 치아뿔고, 어~ 밤도 깊었겠다, 우리도 오늘 밤 〈색계〉맹키로 가학과 피학의 빤타지가 어우러진 '혁대놀이' 한번 해볼끄나."

"빤타지 좋아하다 불구 된 남자 여럿 봤심더. 신문도 안 보능교? 대한민국 사십대 아지매 근력이 짱이랍디더. 다리 미는 힘은 세계 최고라데예. 빠클 안 뺏길 자신 있으면 어데 한번 뎀벼보소."

"됐다. 고마 자자."

"아~ 이번 크리스마스엔 눈이나 퍼엉~펑 쏟아졌시문……."

"치아라."

"참빗이라도 좋으니 선물 하나 해주이소."

"일 읎따."

"민이 아부지예……."

"와."

"메리 크리스마~스!"

하필이면
피서지에서

"그런 당신은 뭐 엄청나게 다정하고 자상한 여잔 줄 알아?"

한밤의 정적을 깨뜨린 남편의 느닷없는 발언은 싸구려 미백치약으로 이를 닦은 뒤의 텁텁함만큼이나 묘하고도 불길했다. 1년에 한 번 올까 말까 한 여름 휴가지, 그것도 아이들 막 재워놓은 뒤 밤바다를 내려다보며 한껏 무드를 잡고 있는 마누라에게 다짜고짜 퍼부을 소리는 아니었던 것이다.

횟집 주인이 '서비스'라며 공짜로 준 그놈의 포도주가 화근이었다.

"솔직히 당신, 남편을 발가락에 낀 때만큼도 안 여기지. 회사는 잘 다니는지, 힘든 일은 없는지 말이라도 물어나 주면. 오로지 애들, 애들뿐이지. 처갓집이고 친구들 모임에 가서도 그저 남편 흉보는 게 낙이니, 난 뭐 배알도 자존심도 없는 인간인 줄 알아?"

아닌 밤 홍두깨라더니, 무드는 간데없고 남편의 어설픈 반란은 계속됐다.

"나도 일찍 들어와 애들이랑 폼 나게 놀아주고 싶어. 근데 몸이 따라줘야지. 남자가 술 없이 직장생활이 영위되느냐고. 당신 눈엔 내가 술에 걸신들린 사람으로 보이는 모양인데, 세상에 회식 좋아하는 남자 있음 나와 보라 그래. 상사 폭탄까지 때려 마신 뒤 화장실 가서 손가락 넣어 토해낸 다음 머리에 넥타이 매고 춤춰본 적 있느냔 말이야. 술독에 장이 뒤틀려 데구르르 구를 때 당신 뭐라고 했어. 꾀병에 자업자득이라고 했지? 내가 배를 움켜쥐고 얼마나 피눈물 흘렸는지 알아? 소크라테스의 악처도 이보단 낫겠다 싶었다고."

꼭짓점을 넘긴 남편의 발언은 이제 유치한 쪽으로 자가발전하고 있었다.

"지, 지난주에 체린지 달랜지 한 주먹에 5천원 한다는 그 빌어먹을 과일, 애들 줄 건데 내가 먹었다고 당신 난리쳤지? 장모님 생신 때 나 몰래 10만원 더 얹어드린 거 모를 줄 알고? 처갓집 바늘방석은 또 어떻고. 말로만 듬직한 사위지. 씨암탉 한번 잡아주신 적 있느냐고. 그리고 작년 겨울 울 엄마 시골서 올라왔을 때 왜 하룻밤 더 주무시고 가라고 안 했어? 우리 엄마가 아버지 없이 날 키우느라고 얼마나 고생을 했는데, 얼마나……."

순간 그녀의 귀엔 "으앙~" 하고 터진 울음소리가 들려온 듯했다. 물론 남편은 울지 않았지만 그녀는 분명 울었다고 생각했다. 동시에 저 많고 많은 불평이 왜 하필 휴가지에 와서야 터졌는지 남편의 뇌 구조를 의심하지 않을 수 없었으나 그녀, 침묵했다.

왜곡투성이 남편 주장에 어디서부터 반론을 펼쳐야 할지 난감해서가 아니다. 마흔 먹은 남편도 가끔은 이불 걷어차고 자는 저 개구쟁이들과 다를 바 없는 '애'라는 걸, 1년에 한 번은 목 놓아 스트레스를 분출하고 싶을 때가 있다는 걸 육감으로 느꼈기 때문이다. 그곳이 피서지인들 뭐 어떠랴.

"알았어. 잘못했다고. 그러니 이 닦고 잠이나 자."

자는 남편 입에
양말을?

저는 지금 중국 다롄(大連)에 와 있습니다. 랴오닝성(遼寧省)에서 두 번째 큰 도시로 인구가 자그마치 6백만 명입니다. 중국 출장은 처음이어서 떠나기 전부터 이런저런 '주의사항'을 들었습니다. "여권은 속옷에 넣고 다녀라", "길거리에서 파는 과일은 사 먹지 마라", "칸막이 없는 화장실도 있느니" 등등. "중국 사람은 눈알도 빼 가니 정신 바짝 차리고 다녀라"는 무시무시한 주의도 들었는데, 중국 문간 앞에도 안 가보신 저희 시어머니 말씀입니다.

그런데 공항 약국에서 한 보따리 산 지사제(止瀉劑), 모기퇴치제가 무색할 만큼 다롄의 풍경은 세련되고 활기차고 풍요로웠습니다. 하루가 다르게 고층빌딩과 공장들이 들어서고, 50여 개 광장은 젊은이들의 공연과 신제품 프로모션 쇼로 매일 밤 들썩입니다. 다롄 항을 끼고 도는 해변도로는 동물원까지 갖춘 테마파크여서 가족 인파로 북적입니다. 중국 사람은 납이 든 게를 먹고 사는 줄 알았는데, 다롄의 생선은 달고 싱싱했습니다.

이곳의 또 하나의 매력은 여성입니다. 중국 최고의 모델학교가 있어서가 아닙니다. 오히려 쭉쭉빵빵 처녀들보다 저를 감동시킨 사람은 펑퍼짐하고 당찬 다롄 아줌마들이었습니다. 크레인 기사, 교통경찰, 전차 운전수등 남성용 직업군을 모두 꿰차고 앉아 있는 아줌마 군단이 어찌 그리 멋있던지요.

안마사인 양회이쩐 씨는 잊히지 않습니다. 사려 깊으면서도 북방 여자특유의 낙천성을 지닌 맞벌이 여성인데, 그녀에게 장난삼아 물었습니다. "집안일 나 몰라라 하는 남편은 어떻게 혼내줍니까?" 그러자 이 여성, 잠시 난감한 표정을 짓습니다. "글쎄요. 다롄 남자들은 부인보다 일찍 퇴근하면 밥 짓고 청소하고 빨래하는 걸 당연히 생각하니 다툴 일이 없습니다." 열일곱 살 아들이 있대서 또 물었습니다. "엄마가 늦게 퇴근하면 아들이 싫어하지 않나요?"

"자고 있을 텐데요 뭐. 아이들은 독립적으로 키워야 잘 크죠. 어느 땐 밥도 해놔요."

진짜 '공주'는 바로 중국에 있었습니다. 소황제라고 불리는 아이들도 친할머니 외할머니가 서로 키워주려고 경쟁한다 하니 이보다 더 좋을 수 있을까요? 마지막으로 하나 더 물었습니다. "그런데 양말을 벗어 세탁기에 안 넣고 그 자리 그대로 놔두는 남편, 그까짓 집안일 좀 하는 것 가지고 유세를 부린다며 타박하는 남편은 어떻게 해야 할까요?" 고민할 필요도 없다는 듯 그녀는 아주 호쾌한 답을 내려주었습니다. "밤에 잘 때 남편의 입에 양말을 집어 넣으세요. 집안일 안 하면 밥도 주지 마시고요."

함께 웃는 것만으로도 스트레스가 날아갔습니다. 남편이 설거지하는 뒷모습을 안쓰러워하지 말라고, 걸레질이 얼마나 고통스럽고도 성스러운 노동인지는 남자들도 무릎을 꿇어봐야 깨닫는다고, 중국 언니들은 입을 모아 말했습니다.

애매모호한
로맨스의 정체

동네 꽃집에 프리지어 향기 진동하면 그녀의 가슴에도 살랑 봄바람이 일었다. 하지만 딱 첫아이 낳기 전까지였다. 두 아이 엄마로, 그 애들 특목고에 보낸다는 집념으로 무장한 그녀에게 봄은 새로운 경쟁의 시작을 알리는 '알람' 혹은 아이들 등굣길을 황사로 어지럽히는 사나운 계절일 뿐이었다.

'봄'을 다시 그녀의 가슴에 배달한 건 중학교 동창회 소식을 알리는 한 통의 문자였다. 다 늙어 웬 동창회? 한데 두 번째 문자가 마음을 흔들었다. "준표가 너 보고 싶대." 준표? 고시 패스해 검사 됐다가 로펌 변호사로 스카우트됐다는 고준표가 나를?

흰 머리 뽑기 대장정에 들어간 것은 그날부터다. 늘어진 뱃살을 1밀리라도 줄이려고 6시 이후엔 물도 안 마셨다. 마침내 디데이. 아끼던 검은색 벨벳 투피스를 입고 카페에 들어서자 과연 고준표가 손을 흔든다. 살은 좀 쪘지만 명민한 눈매에 담긴 착한 미소는 여전했다. 동창들은 수다 떨기에 바빴다. '시시껍절'한 추억과 유치한 무용담들이 튀어나올 땐 아줌마표 숨 넘어가는 웃음소리 튀어나올라 연방 입을 틀어막았다. 여자 꾀는 찬스만은 놓치지 않았던 나찬수는 교수님 소리 듣는단 말이 믿기지 않을 만큼 연애담 과시에 바빴다. "여자는 죽어도 얼굴을 남긴다"는 둥 "인생은 그저 바람 부는 대로 살아야 제맛"이라는 둥. 나쁜 놈!

그녀를 실망시키지 않은 건 '로펌'뿐이었다. 2차로 간 쌈밥집에서 준표가 부드러운 목소리로 물었다. "결혼은 했겠지? 아이는?"

그녀, 준비한 답안을 제출한다. "아들만 둘. 자랑은 아닌데, 둘 다 영재 소리 들어. 지적 호기심이 얼마나 왕성한지 애들 뒷바라지하는데도 하루가 모자라. 호호~."

이때 뜻밖의 질문이 날아든다. "널 위해선 뭘 하니?"

"……."

머릿속이 하얘지는데 로펌이 다시 물었다. "너 외롭구나." 헐, 이건 뭐지?

애매모호한 '로맨스'의 정체는 이런 것이었다. "오늘의 내 모습, 주님의 인도하심 없었다면 불가능했을 거야. 너처럼 길 잃은 양을 보면 가슴이 아파. 지금도 안 늦었어. 주님을 영접해보지 않을래?" 그러곤 가방에서 책자를 하나 꺼내더니 선물이라며 건넸다.

부츠 앞창이 떨어져 펄럭이고 있다는 사실을 안 건 동창들과 헤어져 지하철역으로 터벅터벅 걸어갈 때였다. 문득 남편이 떠올랐다. 토요일이면 해가 서산에 걸릴 때까지 자다가 "나처럼 주말을 가족과 함께 보내는 남자 있으면 나와보라"며 억지를 부리는 '진상'이지만 카사노바도, 주님의 아들도 아닌 남편이 무진장 고마웠다. 그때 "딩동!" 하고 문자가 들어왔다. 준표였다. "가끔 만날까?"

그녀, '삭제' 버튼을 눌렀다.

인생, 정답은 없다
정도도 없다

"나, 묵은지 다 됐지?"

1년 4개월 만에 만난 J의 얼굴은 평화로워 보였다. 진짜 괜찮아진 걸까. 구석구석 살피는 내게 "왜, 여전히 피투성이로 보여?" 하며 J는 짓궂게 웃었다. 약간 나이가 들어 보이긴 했다. 희고 통통했던 살결은 경미한 불면증 환자처럼 푸석해졌고, 입가엔 잔주름이 선명했다.

결혼 5년 만에 남편으로부터 헤어져달라는 요구를 받고 J는 한동안 제정신이 아니었다. 새벽 두세 시에 전화를 걸어 30분간 그냥 울기만 하다 끊었고, 근무 중 바빠서 휴대폰을 받지 못하면 받을 때까지 열 번이고 스무 번이고 벨을 울려대서 친구들의 피를 말렸다. 일주일간 회사를 무단결근한 J를 안면도 외진 바닷가에서 찾아온 가족들은 정신과 치료를 받게 하느냐 마느냐를 두고 격렬히 다퉜다.

J의 이혼이 모두에게 충격을 준 건 사실이었다. 캠퍼스 시절부터 닭살

커플로 부러움을 샀고, 둘만 사는 게 좋아 아이도 안 갖겠다고 했을 정도였으니. J는 "내가 그를 너무 많이 사랑한 죄"라며 웃었다. 그리고 농담했다. "남자는 악처도 싫어하지만 시녀도 싫어하더라고."

눈물과 악다구니의 3개월을 보낸 뒤 이혼 서류에 도장을 찍는 순간 '나도 살아야겠다'라는 생각이 들더라고 했다. 다니던 회사를 그만두고 인터넷 의류 쇼핑몰을 창업했는데 대박은 아니어도 그럭저럭 수입이 괜찮다고 했다.

"그런데 남자들 참 재밌더라. 이혼 소식을 어떻게 들었는지 20년 전 초등학교 동창한테서까지 전화가 걸려오는 거 있지. 술친구나 하자면서……."

"남자들은 꼬부랑 할아버지가 돼도 자기가 여전히 경쟁력 있는 이십대 총각인 줄 안다잖아."

"그래도 관심은 가져주니 고맙던걸. '다시는 수컷들과 상종하지 마라'고 충고해놓고는 전화 한 통 없는 여자애들에 비하면……."

제 발이 저려 어쩔 줄 몰라 하는 내게 J는 담담한 표정으로 말했다.

"내 편인 줄 알았던 친구들이 하나둘 돌아서는데 참담했지. 누구는 그러더라. 한쪽만 잘못했겠느냐고. 맞는 말이지. 맞는 말인데, 의지했던 친구에게서 들으니 칼이 되어 박히더라고."

미안하다고 말하려는데, J가 짐짓 밝은 표정을 지으며 '뉴스'를 전했다.

"나 다시 시작해보려고. 공부하는 사람인데 여덟 살이 많아. 아내와는 사별했고 열 살짜리 딸이 있어."

"……."

"머리숱은 좀 적지만 혼자서 딸 정성껏 키워온 그 성실함이 좋아서. 딸
애가 날 잘 따라……. 왜, 바보천치 같니? 어떡하니, 난 죽어도 혼자서는
못 살겠는걸. 호호."

삶에 정답은 없다. 정도(正道)도 없다. J의 선택을 만류할 자격, 누구에게
도 없다. 분명한 건 한여름 폭우를 이겨낸 나무처럼 그녀는 의연했고 행복
해 보였다는 사실이다.

그래서 사랑했고
그래서 미워했지

누가 그랬다. 판단력을 잃으면 결혼하고, 자제력을 잃으면 이혼하고, 기억력을 잃으면 재혼한다고. 그럼 재혼을 '전(前)남편'과 한 그녀는 거의 치매 수준이었을까.

당사자인 안나는 "그럴지도 모르지" 하며 히죽 웃었다. 안나는 케이프타운에 산다. 남아프리카공화국 여행자들을 위한 민박집 '안나하우스'의 안주인. 서울 토박이인 그녀가 마흔 살 넘어 남아공까지 흘러 들어간 사연이 애틋하다.

글쓰기, 수다 떨기 좋아했던 그녀는 평범한 주부였다. 9년간 연애한 남자와 결혼했고 알토란 같은 자식 둘 낳아 알콩달콩 살았다. 남편은 조용하고 섬세하며 꼼꼼한 남자였다. 요란하고 덜렁대며 좋은 게 좋은 그녀와는 정반대. "그래서 사랑했고, 그래서 미워했지."

위기는 결혼 10년 만에 찾아왔다. 한쪽이 바람을 피운 것도 아니다. 아이들 교육, 시댁 관계 등 사사건건 싸움의 불씨가 됐다. "별것 아닌 일로 티격태격하다 주먹다짐도 하고, 저것이 내가 알던 그 인간이 맞나, 그 이기심과 유치함과 천박함에 분노하게 되고. 그래도 헤어진다는 생각은 안 했는데, 막상 남편이 '너란 여자 지긋지긋해 못 살겠다' 선언하니 홧김에 도장을 콱 찍게 되더라고."

양육권을 가져간 남편은 얼마 후 서울은 사람 살 곳이 아니라며 아이들을 데리고 남아공으로 갔다. 당장 생계가 막막해진 그녀는 보험회사에 취직했다. 죽으란 법은 없었다. 아무도 그녀가 보험설계사로 승승장구할 줄, 내로라하는 외국계 보험회사의 부지점장이 되어 하루가 멀다 하고 스카우트 제의를 받는 귀하신 몸이 될 줄은 몰랐다.

청천벽력 같은 소식은 이혼한 지 3년 만에 날아왔다. 둘째 아이의 교통사고. 열일곱 시간을 날아간 그녀 앞에 혼수상태에 빠진 아들이 누워 있었다.

"우리가 헤어지지 않았으면 이 끔찍한 일도 일어나지 않았으리란 자책에 아이를 안고 울었지. 한데 기적이 일어났어. 내 목소리를 듣고 아이가 눈을 뜬 거야. 한국서 사간 새콤달콤을 순식간에 먹어치우는 거야."

다시 서울로 떠나는 그녀에게 남편은 뜻밖의 제안을 했다.

"다시 살아볼래?"

한 달여 고민 끝에 결단을 내렸다. 다 버리고 아이들에게 가기로!

"억울하지만, 구닥다리 같지만, 내 아이들에게 3년간 못해준 따뜻한 밥

지어 먹이고 싶었어. 세상 남자 거기서 거기고 죽을 죄 지은 거 아니면 한 번 겪어본 사람이 낫지 않겠나 싶어……."

안나하우스에는 나무를 좋아해 '우드(Wood)'라는 별명을 가진 그녀의 '웬수 같은' 남편과 두 아들, 그리고 '시인'과 '추장'이라는 이름의 고양이들이 함께 산다. 남편과는 다시 투닥거리기 시작했고 두 아들, 여행객들 뒤치다꺼리에 허리가 휜다.

"이럴 줄 알고도 돌아왔으니 치매가 분명하지. 그래도 소란스러우니 사는 거 같아. 물론 다시 태어나면 결혼 따윈 안 할 거야. 억만금을 준대도 안 할 거야."

근데 인생 참
찌질하다, 그치?

그래요. 모두 나의 잘못, 나의 어리석음 때문이었습니다.

여자라면 저 하나밖에는 모르고 살았던 그가 저렇듯 차디찬 눈빛, 비수처럼 낯선 말들을 남기고 나와 아이들 곁을 떠난 것은…….

우린 과 커플이었습니다. 대학교 신입생 환영회 때 처음 만나 사랑의 싹을 틔웠고, 군복무 3년을 기다린 뒤 결혼에 골인한 동갑내기 오래된 연인이었지요. 누구도 우리의 사랑을 의심하지 않았습니다. 돈독했고, 충실했으며, 어떤 시련이 와도 결혼식 때 잡았던 우리의 손 놓지 않고 영원히 사랑하며 살겠노라 서약했지요.

실제로 행복했습니다. 미국으로 유학 가 단칸방에서 세탁소 아르바이트하고 식당 접시를 하루 수백 개씩 닦으면서도 세상이 우리 것인 양 즐거웠고, 예쁜 두 딸 낳아 키우면서는 우리의 행복을 누가 시샘할까 두려울 만큼 행복했습니다. 행운의 여신도 우리 부부의 편이었습니다. 경영학을 공부한 남편이 투자한 작은 외식업이 조금씩 번창하면서 체인점이 하나둘 늘어나더니 점점 큰 수익을 남기기 시작했고, 수영장과 울창한 정원이 딸린 그림 같은 집에서 살게 되었으니까요. 연애 시절은 물론, 결혼한 뒤에도 부부 사이에 큰소리 날 일, 큰 다툼 날 일 없어서 주위에선 '천국의 연인'이라는 별명을 붙여주기도 했습니다.

그가 변하기 시작한 것은 지난해 여름, 미국 동부로 출장을 다녀온 뒤입니다. 그의 입은 밝게 웃고 있었지만 눈빛은 심하게 흔들리고 있었고, 말씨는 다정했지만 그의 손은 따뜻하지 않았습니다. 겨울비처럼 불길한 예감에 잠을 설치기 일쑤였지만 저는 묻지 않았습니다. 무슨 일이 있는 것인지 그가 먼저 말해주리라, 아니 아무 일 없이 바람처럼 지나가리라 기도하고 또 기도하였습니다.

그러던 어느 날 마침내 올 것이 왔습니다. 술은 입에 대지도 않던 그가 저녁 늦게 와인 냄새를 풍기며 침실로 들어왔습니다. 가슴이 철렁 내려앉습니다. 그이가 말합니다. "나, 사랑하는 사람이 생겼어." 나의 귀를 의심하였습니다. 짓궂은 농담인 것 같아 눈을 동그랗게 뜨고 그의 얼굴을 올려다보았습니다. 그의 눈에 눈물이 고여 있었습니다. 두려움에 몸이 덜덜 떨렸습니다. 화는커녕 내가 한 일이라고는 그이를 피해 방을 나간 게 전부입니다. 그리고 주방 어두운 구석에 앉아 울었습니다. 내일 아침이면 모든 게 제자리로 돌아오리라, 술에서 깨면 남편은 내게 정중히 사과하리라 기대하면서요.

그러나 악몽은 이튿날에도, 그다음 날에도, 다음 날에도 계속되었습니다. 밤마다 그는 나를 찾아와 거침없이 비수를 꽂았습니다. "당신도 사랑하고 그녀도 사랑해", "그녀를 놓쳐서는 안 될 것 같아." 그리고 급기야는 "우리 헤어질 수 있을까?" 하고 어린아이 같은 표정으로 물었습니다. 그리고 호소했습니다. "미안해, 나도 내가 왜 이러는지 모르겠어. 분명한 것은 그녀 없이는 살 수 없다는 거야."

이게 정녕 꿈이 아닐까요? 저는 드디어 부끄러움을 무릅쓰고 한국에 사는 친구에게 SOS를 쳤습니다. 친구는 단호했습니다. 당장 헤어지라고, 위자료 잔뜩 받아내고 집 밖으로 내치라고, 무슨 미련이 있는 거냐고.

그런데요, 저에게는 그럴 용기가 없었습니다. 남편을 여전히 사랑하기 때문입니다. 아니 남편 없이 어떻게 살아야 하는지 나는 알지 못합니다. 연애할 때부터, 결혼해서 아이를 낳아 살림을 꾸리고 남편 사업을 뒷바라지하면서 매사를 그에게 묻고 '정답'을 들었습니다.

친구가 독하게 꾸짖습니다. "그래 너 정말 바보더라. 친구들이랑 밥 먹으러 갈 때에도 어느 식당에 가면 좋을지 전화로 남편에게 묻고, 요즘 극장에서 볼 만한 영화가 뭐냐고 또 남편에게 전화해 물어볼 때부터 내 알아 봤지. 이렇게 어처구니없는 일을 당하고, 뭐? 남편 없이는 못 산다고? 정신 차려, 이 기집애야."

친구 말이 맞습니다. 나는 모든 걸 남편에게 묻고 상의했어요. 그의 확답을 받아야 마음이 놓였고, 그의 허락을 받아야 사랑 받고 있다고 느꼈으니까요. 그러니 분노는커녕 "내가 뭘 잘못했는지 모르겠지만 앞으로 잘할게. 헤어지자는 소리만 하지 말아줘"라고 애원했던 것입니다. 남편은 전 재산을 다 줄 테니 제발 이혼해달라고 했지만, 저는 빈털터리가 되어도 남편만은 잃고 싶지 않았습니다.

1년여의 길고 끔찍한 줄다리기 끝에 남편은 떠났습니다. 그의 여자에게서 아기가 태어났기 때문입니다. 그를 붙잡을 방법은 더 이상 없었습니다. 새로운 가족이 생기자 이혼만 해주면 전 재산을 주겠다던 남편의 태도도 바뀌었습니다. 그는 이혼 소송에 이어 재산분할 소송까지 신청해놓은 상태입니다.

세상에서 완전히 혼자가 되었다는 공포를 느껴본 적 있으세요? 이제 죽는 일만 남은 건가, 하고 참담하고 있을 때 저를 흔들어 깨운 것은 두 딸이었습니다. 중학생, 고등학생이 된 아이들은 말했습니다. "엄마는 세상에서 가장 훌륭하고 완벽한 엄마였어. 하지만 가장 바보 같은 여자야. 이제 엄마 인생을 살아봐. 족쇄가 저절로 사라졌는데 뭐가 두려운 거야. 엄마는 이제 자유인이라고. 그 빌어먹을 사랑의 사슬에서 벗어나라고, 제발!"

　너무 많이 사랑해서 상처를 받고, 너무 많이 의지해서 외로웠습니다. 하지만 저는 다시 태어난 아이처럼 세상을 향해 한 걸음씩 서툰 걸음마를 내딛고 있습니다.

　독한 친구가 소주 한 잔 건네며 저에게 말합니다. "공주처럼 왕비처럼 떠받드는 남편이 반드시 좋은 것만도 아니라는 걸 널 보고 알았다. 잔정 없고 무뚝뚝하며 아내를 잡초처럼 여기는 내 남편 덕에 그나마 나는 언제 내쳐져도 두려움 없이 세파를 헤쳐 나갈 수 있는 경쟁력 있는 여자가 되지 않았겠니, 호호. 근데 인생 참 찌질하다, 그치?"

김석순 여사의
빠리 여행

"철이 아부지예, 자능교?"

"……."

"자능교? 안 자능교?"

"와? 잠이 안 오나? 열무에 보리밥을 두 사발이나 비벼 먹드만 얹힜나?"

"안 자믄 내랑 이바구 좀 하입시더."

"중헌 일 아니믄 낼 하제이. 꿈자리 사나워진데이."

"아입니더. 내 오늘 결단을 봐야겠심더."

"결다안~ 니 지금 결단이라 캤나."

"지난번 아그들이 에미 애비 결혼 40주년이라꼬 보내준 빠리 여행 때예."

"빠리 여행이 와!"

"댕겨와 암만 좋게 생각해볼라 캐도 분이 안 풀리네예."

"넘들은 못 가서 안달인 빠리 여행 자알~ 댕겨와 웬 구신 신나라 까먹는 소리고?"

"자알 댕겨와요? 누가예? 김석순이가예?"

"그럼 이석순이가 빠리 댕겨왔나?"

"천하에 사내대장부가 되야가 그라는 기 아입니더."

"뭐라카노?"

"에펠탑인지 저펠탑인지서 기념사진 찍을 때부텀 내 알아봤지예."

"……."

"워서 산 건가, 잠자리 날개 같은 썬글라스 짜악 끼고 맨 앞에 서가 어지가히 폼 잡데예. 똥자루만 한 여편네는 뒷줄서 까치발을 띠고 모가지를 빼등 말등 관심도 없고예. 딴 부부들은 서로 짝 찾아 자리 잡는다꼬 뚜리번거리는데 내 잘난 남정네는 그저 자기밖엔 모릅디더."

"얼라가? 일일이 불러야 찾아오고로."

"관광뻐스가 쌍젤린가 하는 유명거리 지날 때 가이드가 '싸모님들 샤핑 한번 하시게 정차할까요?' 하고 묻더만 말이 끝나기가 무섭게 손을 들고 서는 '우리가 샤핑하러 빠리 왔능교, 우리는 문화인이라예, 루부리도 가야 하고 노티리담 가서 곱추도 만나야 안 합니꺼' 하대예. 결혼 40주년인디 샤넬 빽 한나 사주면 워디가 덧나능교. 랑콤 구르무 한나 사 주면 집안이 망하능교."

"그럼 그때 내려달라카제 인자 와서 화풀이고?"

"나가 마이 배워서 영어도 하고 유론가 딸란가 그 나랏돈 셈할 줄도 알믄 가이드 목을 졸라서라도 내렸지예. 무식이 죄이지 어쩌겠능교. 그저 길이나 안 잃어뿔게 남정네 하자는 대로 죽자 사자 따라 다녔지예. 내를 딸이라꼬 중학교도 안 보낸 울 아부지가 야속해 똑 죽겠십더."

"20년 전 세상 뜬 장인어른은 와 찾노?"

"몽마른띤가 하는 디선 콱 직이고 싶습디더."

"직여? 누굴?"

"누군 누구라예. 장칠수 당신이제. 워서 엣소프레손가 하는 쓴 커피를 빼와가 얼굴 반반한 처녀 가이드한테만 엥겨주고, 아픈 다리 끌고 계단 오르느라 얼굴은 벌겋고 목은 타 사이다 한 잔 마셨으면 원이 없는 마누라는 땡볕에 타 죽등가 말등가 둘이 나란히 앉아서는 빠리 시내를 내려다봄시롱 도란도란 이바구를 풀데예."

"……."

"으찌하면 나이 칠십이 되야도록 여색 밝히는 버릇을 못 버립니꺼. 당신이 지금도 가죽잠바에 오토바이 타고 달리던 장칠순지 압니꺼."

"고마해라. 그냥 듣고만 앉았능께 서방 무선 줄 모르네."

"새벽부텀 밤중까지 쌔빠지게 밥해대고 해 뜨면 허리가 휘어라 농사 지어가 박봉의 시골 공무원 뒷바라지함시롱 3남매 모다 대학꺼정 보낸 나인디, 대체 이 김석순이한테 돌아온 게 뭡니꺼?"

"그기 어무이고 아내인기라."

"어무이 좋아한다. 내 다시 태어나믄 어무이 같은 거 안 합니더. 박사까지 배워가 교수도 하고 외교관도 하고 5개 국어 함시롱 전 세계를 여행한다 아입니꺼."

"그럼 내는 보디가드로 김석순이 따라 댕기기만 하믄 되나?"

"내가 미칫어예? 후생에도 징글징글한 장칠수를 또 만나고로."

"됐다. 고마 자자."

"쎈 강변서 오순도순 손잡고 걸어가는 노부부를 보고 있응께 눈물이 앞을 가립디더. 바람 많은 낭군 만나 고생만 지지리 한 김석순이 신세가 한심해가……."

"언 나라든 손잡고 걸어가면 재혼이라카더라."

"재혼이면 워치꼬, 삼혼이면 워쩌예. 서로 사랑한다는 기 아름다운 기지. 요는 당장 낼부텀 점심, 저녁밥은 알아서 때우고 오시소. 나도 더 이상은 허구한 날 부엌데기 노릇 못 합니더. 인자부터라도 내 인생을 찾아야컷다 이 말임더."

"다 늙어 인생은 무신 얼어 죽을 인생이고?"

"주민센터에서 노인들 영어 가르쳐준다기에 오전반 등록했으니 아침밥 먹고 나면 내 찾지 마이소. 2시엔 초등핵교에서 여자들 에어로빅 가르쳐준답디다. 거기도 갈랑께 점심 차리라 낼 찾아도 소용없데이."

"와~ 김석순이 바람이 들어도 단단히 들었네. 집 나간다 안 하능기 다행이네."

"황혼 이혼인가 하는 기를 누가 하나 했더만, 오죽하면 낼모레 무덤 갈 할매가 세상 사람들 손가락질 받아감서 이혼을 결심했나 싶은 게 이심전심이라예. 두고 볼라요. 장칠수가 말년에 환골탈태 하능가, 김석순이가 새 인생을 찾능가."

"치야라. 내는 잘란다."

"멩심하이소~ 굿나잇이고예~."

미스터 반 서방
아저씨

　　내가 가장 좋아하는 친구인 민오네 아빠는 네덜란드 사람입니다. 키가 거의 2미터라 언제고 등을 구부리고 다니지요. 이름도 진짜 길고요 미하일 반 어쩌구 저쩌구…… 성은 어려워서 까먹었어요. 민오네 외할아버지, 외할머니는 민오 아빠를 그냥 '반 서방'이라고 불러요.

　미스터 반 서방 아저씨는 우주를 연구하는 과학잔데요. 아저씨의 방 안에는 별을 관찰하는 커다란 기구 두 대가 창문을 향해 나 있고, 컴퓨터만 해도 다섯 대나 되지요. 아저씨는 나무도 아주 잘 다뤄요. 아저씨의 방 옆에 쪽방 같은 작업실이 있는데 톱, 대패, 망치, 못과 함께 갖가지 종류의 나무들이 구석에 가득 세워져 있어요. 주말이면 아저씨는 이곳에 들어가 종일 뭔가를 뚝딱거리며 만든대요. 민오의 멋진 침대와 의자, 그리고 비행기까지 모두 아저씨가 손으로 만든 거라고 해서 정말 부러웠어요.

늘 뭔가를 골똘히 생각하는 미스터 반 서방 아저씨에겐 조금 이상한 점도 있어요. 우선 그 맛있고 고소한 쇠고기를 안 먹는대요. 삼겹살도, 양념 통닭도 안 먹고요. 엄마가 반 서방 아저씨 같은 사람들을 '채식주의자'라고 부른다고 알려주었어요. 동물을 사랑하기 때문에 동물을 잡아먹지 않는 거라고요. 그러고 보니 아저씨네 거실에는 기니피그라고 부르는 작은 동물 두 마리가 함께 살고 있어요. 언젠가는 아저씨가 기니피그를 아기처럼 품에 안은 채 귀에 대고 속삭이는 모습을 본 적이 있어요. 먼저 키우던 기니피그 한 마리가 병들어 죽었을 때 아저씨는 며칠 동안 울었다고 해요. 정말 동물을 사랑하는 어른인가 봐요.

아저씨가 사랑하는 게 또 있는데요. 바로 자전거예요. 자동차로 30분이면 갈 수 있는 연구소를 아저씨는 한 시간이나 걸려서 자전거를 타고 가요. 자동차는 매연을 내뿜어 환경을 오염시키기 때문이래요. 민오네 집에는 아저씨 자전거 말고도 민오네 엄마 자전거, 민오 자전거까지 세 대가 나란히 놓여 있어요. 겨울에는 눈길에도 미끄러지지 않는 타이어로 바꾸고, 여름에는 또 여름용으로 바꾸느라 민오네 집은 늘 바빠요.

그런데 저는 얼마 전 미스터 반 서방 아저씨가 가장 사랑하는 게 뭔지 알게 되었어요. 바로 민오네 엄마예요. 외국에서 만나 사랑에 빠졌다는 아저씨와 아줌마는 민오 외할아버지의 엄청난 반대를 무릅쓰고 결혼에 골인

했대요. 아저씨는 연구소 일이 끝나자마자 자전거를 타고 집으로 달려오고, 저녁식사를 한 뒤에는 소파에 누워 아줌마와 함께 좋아하는 음악을 들으며 그날 하루의 이야기를 나눈대요. 아저씨가 가장 좋아하는 복분자 술을 한 잔씩 나누면서요. 반 서방 아저씨는 또 자전거를 타고 오다 들판에 핀 꽃들을 보면 조금씩 꺾어서 예쁜 꽃다발을 만들어 아줌마에게 선물한대요. 민오네 집 벽에는 아저씨의 꽃다발이 멋지게 장식되어 있어요.

그 집에서 찬밥은 오히려 민오래요. 우리 집에서 가장 사랑받는 사람은 난데. 할머니, 할아버지, 고모, 이모까지 나를 왕자처럼 받드는데, 민오는 안 그렇대요. 한번은 민오가 운동장 주변에 돋아난 시계풀을 열심히 꺾고 있기에 물었더니, 엄마에게 아빠가 만든 것보다 더 예쁜 꽃반지를 만들어 줄 거라며 엄청 진지했어요. 이 이야기를 들은 우리 엄마는 "세상에서 민오 엄마처럼 행복한 사람도 없겠네" 하셨어요.

물론 나는 세상에서 우리 아빠가 제일로 좋아요. 우리 가족과 회사를 위해 열심히 일하고, 영어도 잘하고, 민오 아빠만큼 컴퓨터 박사이니까요. 하지만 가끔은 아빠가 미스터 반 서방 아저씨처럼 엄마에게 꽃다발을 선물해주었으면 좋겠어요. 우리 뒷바라지하려고 여행가의 꿈을 포기한 엄마에게 가끔은 "고마워"라고 말하며 손을 잡아주었으면 좋겠어요. 아빠 회사 이야기만 하지 않고 가끔은 엄마의 이야기를 들어주며 맞장구쳐주는 아빠였으면 좋겠어요. 엄마가 며칠간 말도 안 하고 침대에서 나오지 않을 때,

친한 아줌마들 전화를 계속 피하기만 할 때 "당신 괜찮아?" 하고 걱정스럽게 물어보는 아빠였으면 좋겠어요. 그러면 엄마가 내가 부르는 소리도 듣지 못한 채 먼 산을 바라보며 눈물 글썽이는 일은 없을 것 같아서요.

내일은 나도 운동장으로 달려가야겠어요. 아직 피어 있는 시계풀을 뜯어 엄마 목에 걸어줄 예쁜 목걸이를 만들 거예요.

우울증의
묘약

안녕하세요? 미스터 반 서방, 아니 미하일의 아내예요. 뭇 엄마들이 저를 부러워한다고요? 아내밖에 모르는 착하고 자상한 남편을 두었다고요?

저희 남편이 가족을 많이 사랑하고 배려하는 것은 맞아요. 하지만 다른 아빠들도 가족을 사랑하는 것은 마찬가지지요. 다만 표현이 서투른 것 아닐까요? 가정과 직장의 경중을 어떻게 두느냐의 차이도 있겠지요. 제 남편은 서양 사람이라 그런지 가족 우선주의예요. 퇴근 이후의 시간, 그리고 주말은 온전히 가족과 함께 보내야 한다는 강력한 철학을 가진 사람이지요. 어찌 생각하면 아주 당연한 사실인데, 한국 남편들이 실천하기에는 이래저래 어려운 점들이 많이 있는 것 같아요.

그런데요, 한 가지 고백할 게 있어요. 그렇게 자상하고 가정적인 남편을 만나 살고 있는데도 저 또한 우울증에 걸려 힘든 나날을 보낸 적이 있답니다. '나는 누구인가', '나는 정말 의미 있는 인생을 살고 있는 걸까', '내 꿈은 무엇이었나'…… 남편 출근하고 아이 학교 보내고 난 뒤 혼자 덩그마니 앉아 있으면 이런저런 우울한 생각들이 밀려들어 한숨을 쉬기도 하고 혼자 울기도 했답니다. 다른 사람들에게 털어놓을 수도 없었어요. "너처럼 행복한 여자가 어디 있니! 먹고 살 걱정 없으니 별 행복한 고민을 다 하는구나" 하면서 핀잔을 줄 게 뻔하니까요. 사실 부끄럽기도 했어요. 하루하루 생계를 잇기 위해 허리가 휘도록 일하는 사람들에게 제가 하는 고민은 허영, 그 이상은 아닐 테니까요.

유일하게 저의 우울증을 털어놓은 사람이 바로 남편입니다. 내가 믿고 사랑하는 남편만큼은 저를 이해하고 치유해줄 수 있다고 믿었지요. 한데 우리 부부에게도 소통의 어려움이 있었습니다. 남자는 화성에서 왔고, 여자는 금성에서 왔다더니, 남편은 저의 문제를 제대로 이해하지 못하는 눈치였지요. 열심히 제 이야기를 듣고 난 남편은 그보다 더 많은 질문을 제게 던졌습니다. "언제부터 그런 고민을 하기 시작한 거야?", "그 즈음에 내가 당신을 서운하게 한 일이 있었던 건가?", "그게 아니라면 당신을 우울하게 했을 다른 원인이 없는데 정말 이상한걸?", "반드시 이유가 있을 거야. 잘 생각해보라구" 등등 꼼꼼하고 자상한 남편은 문제의 원인을 찾기 위해 논리적이고 합리적으로 접근했고, "그냥 우울해", "그냥 슬퍼" 하는 저의 대답에 몹시 답답해하고 어리둥절해했습니다. 결국 저는 남편과의 대화를 포기했고, 우울증은 더욱 깊어만 갔습니다.

그러던 어느 가을날 가스레인지에 올려놓은 찌개가 다 타들어가는 줄도 모르고 단풍 산을 바라보며 하염없이 울고 있는 자신을 발견하고 '더 이상은 안 되겠다' 결심을 했습니다. 망설임 없이 전화기를 들어 심리상담소에 도움을 요청했고, 이튿날 상담치료사를 만나러 갔습니다. 제 이야기를 다 들은 상담사는 "우울증 초기에 와서 정말 다행"이라며 남편과의 동행을 요청했지요. 남편은 망설이지 않고 저를 따라 상담소에 왔습니다.

상담사는 남편이 보는 앞에서 제게 물었습니다. "남편이 당신에게 어떻게 해주었으면 좋겠습니까?" 그래서 대답했어요. "그냥, 내가 털어놓는 이야기들에 대해 '그래?', '정말?' 하면서 공감해주었으면 좋겠어요. 꼼꼼히 따지거나 원인을 분석하지 말고……." 상담사가 바로 남편에게 눈길을 돌렸습니다. "무슨 뜻인지 아시겠지요? 아내가 원하는 게. 그럼 연습 삼아 한 번 해보세요." 그러자 남편은 당황해 어쩔 줄 모르다가 용기를 내 입을 떼었지요. "그래~에?" 어찌나 웃음이 나던지, 눈물이 날 정도로 웃었답니다.

그 '묘약'은 참으로 신기했어요. 내 고민을 털어놓을 때마다 속에서 터져 나오려는 온갖 질문들을 억누른 채 남편이 "그래?" 하고 맞장구를 쳐주자, 저는 계속해서 내 이야기를 자유롭게 이어갈 수 있었고, 또 그렇게 주절주절 이야기하다 보면 '내 고민이 그리 대단한 게 아니었구나' 하는 생각에 마음이 편해지거나, 스스로 해법을 얻게 되었지요. 남편의 격려에 힘을 얻어 저는 요즘 계약직으로 아이들 가르치는 일을 하면서 삶의 새로운 재미와 보람을 찾아가고 있답니다.

알아요. 모든 부부 관계와 여건이 저희와 같지 않다는 거. 하지만 우울 증이란 놈이 엄습해올 때 이를 막아낼 수 있는 가장 든든한 아군은 남편이 랍니다. 망설이지 말고 님편에게 이야기하세요. 소통이 잘 되지 않거나 우울감이 점점 깊어지는 것 같거든 주저하지 말고 상담소의 문을 두드리세요. 절대 부끄러운 일이 아닙니다.

슬픈 장미보단
명랑한 콩나물이 좋아

대학 동창 P에게서 전화가 걸려온 건, 아이들 학교 보낸 뒤 못다 잔 새벽잠을 늘어지게 자고 있을 때였다. "그새 목소리도 잊었니? 나 B반 퀸카였잖아. 호호……." 졸업하고 16년 만에 어쩐 일? 정미 씨는 부리나케 입가의 침부터 닦아냈다. '퀸카? 별명이 이장 부인 아니었나?'

P가 동창 주소록을 훑어 내리며 동네방네 전화를 걸고 있는 이유는, 요즘 온 나라를 뒤흔들고 있는 ABC 주가 조작사건과 관련해 신문에 대문짝만 하게 난 미모의 여인 때문이었다. "걔 세라잖아. 기억 안 나? 별명이 슬픈 장미였잖니."

신문도 안 보고 사느냐는 말까지 튀어나올라, 남편이 화장실에 던져놓은 조간신문을 들춰보니 과연 낯익은 얼굴이 실려 있긴 했다. P에 따르면, 일로 만난 남자가 주식 투자의 귀재였고, 결혼하고 보니 신혼집이 베벌리힐스 대저택이었다고 했다.

"인생이 정말 영화 같지 않니? 대학 땐 금잔화처럼 말도 없고 참한 아이였는데……."

"그래도 부럽다 애. 난 베벌리힐스 옆댕이서 셋방이라도 살아봤음 좋겠다."

딱 거기까지면 좋았다. "다른 애들 소식은 듣니?" 끽해야 아파트 단지 엄마들이랑 모여 학원 정보 수집하고 부녀회 비리 파헤치는 게 전부인 정미 씨가 십수 년 전 동창들이 뭘 하고 사는지 알 턱이 없었다. 호기심이 발동하긴 해서 귀를 쫑긋 세우자 P는 기다렸다는 듯 동창들 근황을 속사포로 전했다.

"미혜 알지? 과대표. 걔는 검사랑 결혼해서 애가 셋이래. 얼굴마담 영은이도 기억나니? 걔 남편이 청담동서 제일 잘나가는 성형외과 의사잖아. 동창들은 싸게 해준댄다. 참, 6·29 때 삭발했던 수경이 얘긴 들었어? 같이 노동운동 하던 남편이 청와대에 입성했잖아. 가끔 텔레비전에도 나오더라."

그러곤 마침내 올 것이 왔다. "정미 넌 어디 사니? 남편은 뭐 하는 사람?" 결혼 10년째 강북과 경기도 언저리를 서성이는 데다, 남편은 IT 사업을 한답시고 멀쩡한 회사를 뛰쳐나와 쫄딱 망한 뒤 아는 선배 회사에서 일을 거들고 있는 터였다. "어, 그냥 공기 좋은 데 살아. 남편은 회사원. 그래도 좋은 사람이야."

수화기를 내려놓자마자 정미 씨는 머리를 쥐어뜯었다. "그래도 좋은 사람이라니, 이 빙충아……."

화풀이는 그날 저녁 뭔 프로젝트인가를 따냈다며 기분 좋게 술 한잔 걸치고 들어온 남편에게 해댔다. "부엌데기에도 급이 있었네" 등등 갖은 통박을 퍼부으면서. 그런데도 이 남정네, 속 좋은 소리만 한다. "남편이 검사고 대통령이라고 해서 우리 김정미가 최정미 되냐? 세상 다 변해도 내겐 김정미 하나뿐이다, 이 말이야."

해장국을 끓이기 위해 신문지 위에 콩나물을 다듬다 말고 정미 씨는 피식 웃었다. 그래, 슬픈 장미보단 명랑한 콩나물 인생이 나으니라. 웃자, 웃어!

또 한 번의 로맨스를 누릴 자격

　사십대 초반인, 두 명의 남편이 있다. 한 사람은 인터넷 언론사 국장이고, 한 사람은 공무원이다. 성격도 딴판이다. '국장님 남편'은 말 그대로 데면데면에 목석 스타일이다. 하늘이 무너지는 일 말고는 눈 하나 꿈쩍 안 하고, 식구 중 누가 아파 죽는 시늉을 해도 "그래?" 한마디면 끝이다. 부부 동행 외출을 하면 최소 1미터 이상 앞장서 걸어간다. 그렇다고 마초 스타일은 아니다. 맞벌이 아내의 퇴근이 늦으면 알아서 딸아이 밥 해 먹이고, 빨래도 개고, 청소기도 돌린다.

　'공무원 남편'은 다르다. 가사, 육아에 꼼꼼히 훈수를 두고, 건강 상식에 관한 기사가 나오면 가위로 오려서 안방 화장대부터 냉장고 벽까지 도배를 한다. 식구 중 한 명이 재채기만 해도 "병원, 병원"을 외친다. 하루에 열두 번도 더 아내에게 문자를 날린다. 그렇다고 완소남(완전 소중한 남자)은 아니다. 벗은 양말 세탁기 통에 제 손으로 갖다 넣는 법 없고, 벽에 못질도 못 한다. 아이들로부터 '잔소리 대왕마마'라는 별명을 얻었다.

　이렇듯 완전히 다른 유전자를 지닌 남자들인데, 신기하게도 공통점이 하나 있다. 우선 '공무원 와이프'의 증언을 들어보자.

"제사 모시는 문제로 설전이 벌어졌는데, 급기야는 상대방 부모님 폄하하는 말들까지 튀어나와 분위기 험악했죠. 이럴 거면 갈라서자, 어쩌자 소리소리 지르다가 집을 뛰쳐나왔는데, 20분쯤 흘렀을까, 감감소식인 거예요. 모기는 다리통을 물어뜯지, 잠은 오지, 더 이상 버틸 수가 없어서 집으로 들어갔더니, 이 인간 코를 드르렁드르렁 골며 천하태평으로 자고 있습디다."

다음은 국장님 와이프의 증언이다.

"지금은 왜 싸웠는지 기억도 잘 안 나요. 결혼 4, 5년 차에는 별것 아닌 일로 티격태격하기 일쑤니까. 베개인지, 슬리퍼인지를 거세게 집어던진 뒤 자동차 키를 들고 집 밖으로 뛰쳐나왔겠죠. 속이 상해서 무작정 달렸어요. 청주 IC까지 갔었나? 그런데 전화 한 통이 없어요. 마누라가 죽었거나 말았거나죠. 배도 고프고 잠도 와서 차를 돌려 집으로 돌아왔더니, 잠에서 깬 눈을 게슴츠레 뜨고 묻대요. '지금까지 화장실에 앉아 있었어? 변비야?'"

화성에서 온 남자, 금성에서 온 여자라더니, 우리 한국 남편들은 이렇듯 무디다. 특히 부부싸움 뒤 태평스레 코를 골고 자는 모습은 천진난만하기까지 해서 약이 바짝 오른 아내들만 씩씩대다 제풀에 꺾이는 식이다. 열이면 열, 다 그렇다.

아내들은 말한다. 초창기엔 실망과 배신감에 분노가 치솟고 내가 이따위 결혼을 왜 했는가 후회막급한데, 세월이 지나면서 자신 또한 무뎌지더라고. 그 무뎌짐은 남편들의 타고난 둔함 혹은 학습된 게으름과는 조금 다르다. 연민이라고 해야 하나. 대개는 결혼 10년의 고비를 넘기면서 이런 감정이 찾아오기 시작한다. '산전수전'이라 표현하기엔 짧은 시간이지만, 세월의 무게감 속에 다져진 '미운 정 고운 정'이 남편에 대한 애틋한 연민으로 바뀌는 것이다. '모성본능'이라는 상투적인 말은 갖다 붙이지 말자. 이 책 속에도 나오지만 모성도 천차만별, 각양각색이다.

나이듦이 가져다주는 너그러움, 측은지심이 더 맞는 표현 아닐까? 나 또한 '일대일', '반반씩'의 남녀평등을 외치며 '불의'와 타협하지 않는 강퍅한 결혼생활 10년을 보냈다. 하지만 어느 순간 그 기세가 확 꺾이더라. '인생 별거 있나', '살면 얼마나 산다고', '지는 게 이기는 거다' 뭐 이런 식으로. 너무 비굴한가?

실제로 동료 줌마들은 말한다. 남편이 건강검진 결과를 듣고 온 날, "혈압이 높대", "지방간이래", "갑상선 결절이 있대" 하며 우울해하는 모습을 보면, "그러게 왜 그리 늦게까지 술을 퍼마셔?"라는 핀잔 대신 가슴이 철렁한 것이, 외려 연민과 측은지심이 한결 강화되더라고. 물론 결혼 10주년에 접어들고 부부 쌍방 마흔 줄에 들어섰다고 해서 부처님처럼 살게 되는 건 아니지만 다섯 번이면 다섯 번 화내고 맞서던 일을, 네 번은 참고 한 번만 싸우고 넘어가도 크게 억울하지 않더라는 얘기다.

'살아보니 사랑보다는 믿음이더라'는 고수 줌마들의 단언에 한 표! 아니 하나 더 추가하자. 살아보니 사랑보다는 믿음, 그리고 연민이더라. 가부장제 전통 강한 대한민국에서 남자로 태어나 '사내답게', '건아답게', '대장부답게' 살아야 했고, 힘들어서 다 떨쳐버리고 싶어도 '가장'이란 책임감에 속 시원히 울지도 못하고 속으로만 끙끙 앓아야 하는 남자들. 잘 마시지도 못하는 술을 '남자'라는 체면 때문에 들이부어야 하고, 직장에서도 군대처럼 '깐다면 깐다'는 일자무식 배짱으로 버텨야 하며, 간발의 차이로 승진에서 밀려나면 세상이 다 무너진 듯 절망해야 하는 샐러리맨들이 우리 남편들이다.

삶의 연륜과 지혜 속에서 우러나오는 이런 연민은 대한민국 남편들도 그들의 아내에 대해 똑같이 지녀야 할 필수 덕목이다. 늦은 밤 퇴근해서도 아이의 실내화를 빨아 널어야 하고, 아이의 수학 점수가 떨어질까, 뚱뚱하다고 왕따당할까 전전긍긍하며, 담임선생님께 선물을 사 드려야 하나 말아야 하나 밤새 고민하며 뒤척이는 사람이 바로 당신의 아내다. 우리 남편 젊은 후배들 옷발에 밀리지 않도록 '세일세일' 써 붙인 아울렛에 발품 팔고 다니고, 차례상에 과일 한 종류라도 더 얹어보려고 재래시장부터 할인마트까지 누비며, 2천 원짜리 김밥 한 줄 사먹고도 "현금영수증 주세요" 하는 용감한 여인이 당신의 아내다.

그대의 아내가 왜 외출만 나서려면 화장한다, 옷 입는다 늑장을 피우는지 그 진짜 이유를 아시는가? 시쳇말로 '남편 가오' 세워주려고 그러는 거다. 바야흐로 '아웃도어의 시대'에 어디서 누굴 만나게 될지 모르는데, 기미 가득한 맨 얼굴에 운동화 구겨 신고 나갈 수는 없지 않은가. 세 끼를 굶어도 늘어만 가는 나잇살에 맞는 옷도 없으니 장롱을 딱 뒤집어놓는 것이다.

그런 아내가 사랑스럽고 고맙다면 당신은 세상에서 가장 멋진 남편이다. 진짜 어른, 진짜 사나이가 된 것이다. 인생 후반전, 진국이 우러나는 또 한 번의 로맨스를 엮어갈 능력과 자격이 있는 것이다.

이건 최신 뉴스인데, 예의 무뚝뚝하고 데면데면한 '국장님 남편'이 요즘 아내에게 문자를 날리기 시작했단다. 느낌표(!)까지 넣어가면서. 오타 투성이 남편의 서툰 문자질을 흉보면서도, '이 인간 바람난 거 아냐?' 의심의 눈초리를 올리면서도, '국장님 아내'의 얼굴엔 행복의 미소가 번졌다.

남편들이여, 가끔 당신의 아내에게 문자를 날려라. 할 말이 없다고? 시중 유행하는 우스갯말들, 야한 농담들은 어떤가. 아직도 알아듣지 못한 목석, 아니 점잖은 남편들을 위해 예시를 하나 선사한다.

'퀴즈 하나! 들어가면 좋고, 흔들면 즐겁고, 나올 땐 아쉬운 것은?'

당신의 아내로부터 이런 문자가 돌아오면 '퀴즈왕 대회'에 반드시 내보내라. 우승은 따논 당상이다.

'정답: 저금통.'

행복은
비싸지
않다

아이에 대한 욕심을 우리 함께
한 줌씩 내려놓는 건 어때?
내려놓는 만큼 아이는 날개를 달게 될 테니……

2

난감했지. 나만큼 딸애를 잘 아는 엄마는 없을 거라 자부했고, 내가 하는 일을 주영이도 자랑스러워할 거 라고 믿어왔으니까. 그러고 보니 울고 있는 아이의 머 리 스타일이 살짝 바뀌어 있더라구. 워낙 내성적이어 서 앞머리를 이마 위로 넘기는 법이 없는 앤데, 실핀 두 개로 앞머리를 밀 어 넘긴데다 굵은 웨이브까지 넣은 거야. 순간 가슴이 철렁했어.

뻔뻔해지기,
미안해하지 않기

　　　　　　서른둘에 결혼, 마흔 살에 학부모가 된 커리어
우먼 문정 씨. 3월 초 외동아들을 초등학교에 입학시킨 뒤 꼭 열흘 만에 응
급실에 실려 갔다. '몸살에 스트레스성 장염'이 병명. 주말 내 불가마 구들
장을 지고 누웠어도 좀처럼 나을 기미가 보이지 않았지만 '프로'인 그녀,
굳이 '나이 탓'이라 변명하지 않았다.

　야근을 밥 먹듯 하는 IT업체에 다니면서도 일과 육아를 성공적으로 병
행시켜 '철의 여인'이란 칭송을 받아온 문정 씨를 고꾸라뜨린 주범은 누구
일까. 체하면 신물과 함께 그 원인이 된 음식물이 눈앞에 어른거린다더니,
며칠 전 아이 초등학교에서 열린 학부모회의, 그 까칠 쌉싸름했던 풍경이
눈앞에 선연히 떠오른다.

　"아이들 비뚜로 나가는 책임은 모두 가정교육이 잘못된 데 있다"라는 교
장선생님 훈계는 '모두'란 단어만 빼면 지당하신 말씀! "선생님께 불만 갖

지 마세요. 하느님처럼 무조건 믿고 따라야 아이가 훌륭한 사람 됩니다'라고 역설하신 교감선생님 지론에도 토 달고 싶은 생각 추호도 없다. 선생님은 신(神), 적어도 학교에선 그렇지 아니한가?

화근은 담임선생님과의 대화 시간에 발생했다. 어린이집 선생님과는 비교도 안 될 만큼 온몸에서 뿜겨져 나오는 '포스'라니……. 혼자 있는 시간이 많은 아이에 대한 죄책감만 떨쳐버렸어도, 알토란 교육정보 줄줄 꿴다는 젊은 엄마들 무리에 어떻게든 끼어들어야 한다는 열망만 자제했어도, "학급도우미로 1년간 봉사해주실 어머니~" 하는 담임의 간곡한 주문에 손을 번쩍 들지는 않았으리라.

하지만 어쩌랴. 엎어진 물, 주워 담지 못할 바에야 깨끗이 닦아버리면 그만이다. '유리천장' 턱 밑까지 올라온 비결도 바로 이 '무대뽀' 정신 아니었던가. 종합장 빠뜨린 사실을 깨닫고 출근길 지하철을 박차고 나와 학교로 달려갈 때에도, 야근하고 돌아온 날 밤 아이의 운동화를 비누칠해 빨면서도 '일등 엄마'라는 자부심에 두 눈을 부릅떴다. '참 잘했어요' 도장을 받아온 종잇장을 코팅해 보관하겠노라 한밤중 문방구로 달렸던 그녀란 말이다.

한데 입학 7일째 되는 날, 대문 밖을 나서던 아이 입에서 결정적인 한마디가 튀어나온 것이다. "엄마, 너무 '오버'하는 거 아냐? 그러잖아도 학교 가기 짜증나 죽겠는데!"

절망의 늪에 빠져버린 문정 씨. 이마에 얼음주머니를 얹고 한시름 앓고 있는데 휴대폰이 울린다. 아이 셋과 전쟁하며 사는, 둘째 낳고 '신도 다니고 싶어 했던' 직장을 그만둔 옆 동 엄마. "처음엔 다 그래. 너무 잘하려니까 아프지. 일하는 '초딩' 엄마가 목숨 걸고 지켜야 할 덕목 몰라? 뻔뻔해지기, 미안해하지 않기. 엄마가 편안해야 아이도 편안한 법이야." 열흘간 참았던 눈물이 꾸역꾸역 터져 나왔다.

당신 아들은
생각보다 강하다

다음 달 울 아들 군대에 갑니다. 20년 알토란 같이 키워 조국에 바치려니 왜 이리 아까운지요. 입대가 코앞에 다가오니 혓바늘이 솟는 게 애간장이 탑니다. 날은 또 왜 이리 불볕인가요. 훈련소 갈 때 입었던 옷을 소포로 받으면 통곡을 한다더니, 벌써부터 눈물이 앞을 가립니다.

일병 엄마

처음엔 누구나 그러죠. 혓바늘요? 전 변비였는데. 땀내 진동하는 아들 옷을 받아 들고는 친정엄마 돌아가셨을 때보다 더 섧게 울었지요. 첫 면회 요? "초코파이 열리는 나무가 있었으면 좋겠다"라고 편지에 썼기에 초코파이 스무 상자에 통닭, 만두, 불고기까지 바리바리 싸서 갔더니, 전날 밤 몰래 먹은 컵라면에 급체해 얼굴이 허여멀건해서는 식은땀만 좌좍 흘리더군요. 연병장 한복판에서 또 얼마나 울었는지. 한데 그 애달프던 마음이 첫 휴가를 기점으로 급격히 기울기 시작합디다. 친구들 만나는데 술값 쥐여 주랴, 애인 붙들어맬 선물 사 주랴, 부대원들 담배 한 보루씩 사서 얹어 주랴. 돈 백 날아가는 게 우습고 한 달 가계부에 금 가는 소리 작렬하는데, 슬픔도 반으로 뚝 줄어듭디다.

상병 엄마

1년만 지나 보라죠. 하루가 멀다고 "엄마, 나야, 아드을~" 하며 전화를 걸어대는데 죄다 수신자 부담입니다. 최전방에서 복무했던 남편은 전화 한 통 걸기 위해 여덟 시간 눈길을 걸어 나왔다더만, '뻥'이었을까요. 안부 전화도 아녜요. "하나밖에 없는 아들이 나라를 위해 잠 못 자고 불침번을 서는데 엄마는 두 발 뻗고 잠이 오느냐", "포항 사는 최 일병 엄마는 과메기를 이고 지고 와 내무반 포식을 시켰는데 엄마는 첫 면회 이후 코빼기를 안 보이니 친엄마 맞느냐"……. 집에는 "나랑도 놀아달라"며 징징대는 은퇴남까지 있으니 전후방에서 두 남자가 듀엣으로 속을 썩입니다.

병장 엄마

저보다 더 착잡할까요. 2년? 눈 깜박하면 지나갑니다. 세상 무서울 것 없는 강 병장께서 요즘은 아예 대놓고 주문을 하십니다. 최신 mp3 플레이어가 나왔으니 특급으로 부치라는 둥, 제대 기념으로 양복 한 벌 장만해놓으라는 둥. 그럴 땐 '청년 실업이 최악이라는데 입 하나 더는 셈 치고 거기서 말뚝 박는 건 어떻게 생각하니?'라는 말이 목울대를 건드리지만 꾸욱 참습니다. 반찬 걱정 않고 친구들이랑 놀러 다니며 내 생애 최고의 황금기를 누렸는데, 저야말로 눈물이 앞을 가립니다.

예비군 엄마

그래도 군대 다녀오니 좀 달라지긴 했습니다. 이불도 개고 다리미질도 하고 못도 박고요. 근데 딱 1주일이더군요. 남들 점심밥 먹을 때 일어나고, 눈만 떴다 하면 컴퓨터 앞에 붙어 있기에 "알바라도 하지 그러니" 했더니 "내가 돈 버는 기계냐"며 단식 투쟁에 들어갑디다. 어쩜 지 애비를 똑 닮았는지. 결론은 너무 슬퍼 마시라는……. 당신의 아들은 생각보다 강하고 믿음직스럽다 못해 뻔뻔하다는 사실을 언제고 잊지 마세요.

이놈아,
진짜 연애를 해!

　　　　　지난번 '군대 간 아들' 얘기 재미나게 읽었어
요. 결혼까지 시킨 엄마들은 침 튀기며 열변을 토하더군요. 아들 위해 절
대 눈물 흘릴 필요 없다, 장가가면 그날로 처갓집 머슴이다, '돈 내놔라'만
안 해도 효자다, 그러면서요.

　근데 전요, 상머슴으로 팔려가도 좋으니 아들 덕에 국수 한 그릇 먹으면
소원이 없겠습니다. 솔직히 우리 아들 누구보다 잘 키웠다고 자부했어요.
우등생이었냐고요? 전 공부보단 합리적이고 독립심 강한 아이로 키우고
싶었어요. 아기 때부터 혼자 자게 했고, 놀이터에서 해 저물녘까지 뛰놀게
했고요. 요리랑 바느질도 가르치고, 메이커 옷도 안 사 입혔지요. 사람이
명품이어야지 껍데기만 명품이면 뭐합니까. 덕분에 울 아들 백 원짜리 동
전도 허투루 쓰는 법 없습니다.

　고맙게도 번듯한 대학 나와 내로라하는 기업 경영기획실에서 근무합니

다. 키는 180에 송승헌 눈썹, 오지호 보조개, 지진희 엉덩이까지 어쩜 그리도 매력 범벅인지, 호!

근데 너무 잘나서 그런가 애인이 안 생깁니다. 서른다섯을 넘기니 얘가 요즘 말하는 '초식남(草食男)'이 아닌가 걱정이 드는군요. 자기 일, 취미에만 골몰하고 이성엔 관심 없다는…….

한데 얼마 전 쇼킹한 사실을 알아냈어요. 목석인 줄 알았던 녀석이 '이보다 더 좋을 순 없다'며 쫓아다니던 처자가 생겼는데, 사귄 지 물경 45일 만에 딱지를 맞았다는 거지요.

그 이유, 황당합니다. 식당에서 밥을 먹으면 계산은 동전 한 개까지 더치페이! 어쩌다 앞장서 밥값을 낼 때면 영락없이 공짜 쿠폰이 들려 있고, 데이트 장소도 알고 보면 양쪽 집에서 딱 중간 지점이고요. 통화료 아긴다고 문자는 또 얼마나 날리는지. 시도 때도 없이 부르르 울리는 진동 소리에 그 처자 일을 못 할 지경이었답니다.

결정적 이유는 우산이었습니다. 영화를 보고 나오는데 비가 죽죽 오더라죠. 마침 아들에게 우산이 있어 함께 썼는데, 녀석이 대뜸 "손 좀……" 하더래요. 수줍게 손 내미는 그녀에게 이 몹쓸 녀석, 우산 손잡이를 덥석 쥐여주고는 헤벌쭉 웃는데, 성난 그녀 우산을 내팽개치고 빗속으로 표표히 사라졌답니다.

완전 소중한 내 아들에게 깜박 잊고 가르치지 않은 것이 있었으니, 상대

방을 위해 기쁘게 손해 볼 줄 아는 능력! 사랑이란 바로 이 단순한 능력에서 출발하고, 그 능력은 어릴 때부터 몸에 배도록 가르쳐야 하는데 말이지요. 아직도 정신 못 차린 아들놈은 "쿠울~한 게 내 매력"이라며 큰소릴 치는데, 아무래도 총각 귀신으로 늙어 죽게 생겼습니다.

그래서 말인네 '완소남', 아니 '왕소금남' 우리 아들 구원해줄 여신 안 계셔요? 데릴사위도 환영합니다.

아이들은 때론
엄마보다 어른스럽다

여름을 끝내는 소나기가 천둥 번개를 동반해 내리치자 마흔 살 엄마, 엄살을 떤다. "아이구 깜짝이야. 귀신 나오겠다."

여덟 살짜리 아들, 능청을 떤다. "무서워하기는……. 내가 있잖아."

생애 처음 부모와 떨어져 일주일간 극기캠프를 떠나는 '초딩' 3학년 딸은 걱정스런 표정으로 버스 앞까지 따라 나온 제 엄마를 돌아보며 비장하게 말했다.

"약속해."

"뭘?"

"울지 않기로. 나 어린애 아니거든?"

아이들은 때로 그들의 부모보다 어른스럽다. 홍매 씨에게도 그런 기특

한 아들이 있다.

먼저 홍매 씨 얘기부터 하자. 지린성(吉林省) 출신의 그녀는 중국에서 의사였다. 연변대 의대에 들어가 집안의 자랑거리가 된 둘째 딸. 하지만 중국에 파견 온 한국 남자와 사랑에 빠지면서 모든 게 달라졌다.

열 살 연상에 가진 것 하나 없는 샐러리맨, 그 남자 하나 믿고 시작한 한국살이였다. 가난은 견딜 수 있었다. 구조조정으로 실직한 남편을 대신해 '조선족'이란 이름으로 식당과 공장을 누벼야 했지만, 그야말로 "사랑했으므로 행복했다."

무서운 건 사람의 마음이었다. 남편에게 엄습한 의처증. 이웃과 말 한마디 나눌 수 없었고, 시장, 목욕탕에도 혼자 갈 수 없었다. 사랑하니까 그럴 수 있다고 믿었다. 하지만 증세는 점점 심해졌다. 사나흘씩 방문을 밖에서 걸어 잠갔고, 손찌검을 예사로 했다.

아들 철이가 나이보다 웃자라기 시작한 건 이 무렵, 여섯 살 때부터다. "남편이 절 때리려고 하면 두 팔로 가로막고서는 '엄마는 여자잖아. 때리지 마요' 하면서 아빠를 끌어안아요. 내 상처에 약을 발라주면서 '울지 마, 햇님이 뜨면 아빠도 화 풀릴 거야' 하는데……."

홍매 씨는 주위의 도움을 받아 우여곡절 끝에 남편과 헤어졌다. 보수적인 한국 사회에서 조선족에 이혼녀라는 굴레까지 떠안았고, 양육권이 없으니 아들과도 떨어져 살아야 하지만 후회하지 않는다. "내 아이 가슴이 상처로 곪아 터지고 있는데 남의 눈 무서워 무작정 덮고 가는 것도 죄라고 생각했어요. 남편도 느낀 바가 있는지 일을 다시 시작했고요. 버스로 한 정거장 거리라 반찬도 해서 보내고 아이 학교생활도 의논하고 그래요."

이혼한 뒤 홍매 씨는 대학 평생교육원에 들어가 사회복지사 자격증을 땄다. 요즘은 노인요양원에서 일한다. 초등학교 4학년이 된 철이는 그래도 혼자 사는 엄마가 못내 걱정스럽다. 점심은 먹었는지, 일 마치고 집엔 잘 들어갔는지, 아픈 데는 없는지 하루에도 몇 번씩 전화를 건다.

재활용 가게에서 구입한 화장대를 꽃으로 장식해준 것도 이 애늙은이 아들 녀석이다.

"엄마가 꽃 좋아한다고 천냥 가게에서 한 송이씩 사다 줘요. 하트 모양 열쇠고리도 사다 주고. 참 착하죠? ……근데 저는요, 우리 철이가 어리광 부리고 떼쓰는 모습 보고 싶어요. 아이처럼, 개구쟁이처럼……. 아이들은 그래야 하잖아요."

부러워서 그래,
부러워서~

　　오후 4시, 삼엄한 정적을 깨고 〈징글벨〉이 울린다. 서류 더미를 방패삼아 졸고 있던 그녀, 화들짝 놀라 깨어보니 휴대폰이 요동을 치는 판. "이 얼어붙은 경기에 웬 징글벨?"이냐는 듯 부장의 싸늘한 시선이 뒤통수에 꽂힌다. '웬수' 같은 주인공은 중학교 동창. 거의 20년 만인지라 "너네 회사 앞인데 얼굴 좀 보자"는 청을 거절할 수도 없었다.

　　"2학년 아들 녀석 수영장에서 피캅해 요 앞 어학원에 데려다 주느라. 너 이 삘딩서 일한다는 얘기 듣고도 오늘에서야 콜했네. 근데 너 하나도 안 변했다. 수세미처럼 머리 엉킨 거, 콧등에 핀 버짐까지 그대로야. 호호! 결혼은 했겠지? 애는 몇? 공부는 잘해?"

　　뭐부터 대답해야 좋을지 몰라 숨을 고르는데, 1초도 기다려줄 수 없다는 듯 동창의 속사포가 이어진다.

　　"우리 아들은 외국물 한번 안 먹었는데 영어를 원어민 수준으로 해. 신기하지? 너도 알다시피 내가 영어에 한이 맺혔잖니. 그래서 영어 태교를 시작했지. 태어나자마자 영어 비디오만 줄창 틀어줬더니 우리말보다 영어를 더 잘한다니까. 요즘은 중국어 배워. 교재 사다가 둘이서 독학해. 1년 좀 지났는데 웬만한 의사소통은 다 돼. 이번 겨울방학에 한자 4급 통과하면 내년부턴 프랑스어에 도전해보려고……. 근데 너희 애는 뭐 좋아해?"

허걱! 무방비 상태에 있다 튀어나온 답이 수학도 아니고, 과학도 아니고, '개콘'이었다. "웃다 보면 스트레스가 풀리나 봐. 요즘 그거 인기잖아. '부러워서 그려~ 부러워서~' 호호."

"개콘? 우린 테레비 진작에 치웠잖아. 우리 앤 소녀시대가 뭔지도 몰라."

"어, 그럼 학교 공부도 잘 하겠다."

"후훗, 그거 아니? 공부 잘하는 애 엄마에게 날아드는 부담스럽고도 짜릿한 시선."

부장의 득달같은 호출이 그때처럼 고마운 적도 없었다. "가끔 보자"며 악수를 청하는데 명민한 동창, 쐐기를 박는다. "근데 너희 회사는 괜찮니? 여자들이 더 위험하다며? 힘내라, 애. 세상에 공짜가 어딨니?"

머리가 띵한 것이 두 건이나 잡힌 망년회도 집어치우고 일찌감치 퇴근하자 게임기를 갖고 뒹굴던 아들놈이 기겁을 한다. "헐, 왜 이렇게 빨리?" 혼낼 기운도 없고, 몸살 기운까지 돌아 옷 입은 채 드러눕는데 아들 녀석

쪼르르 달려와 묻는다.

"부장님한테 또 혼났어?"

"아니."

"내가 게임해서 화났어?"

"아니."

뾰로통해진 아들 녀석에게 이번엔 그녀가 묻는다.

"엄마 회사 그만둘까?"

"왜?"

"너 공부도 가르쳐주고 학교도 자주 가보게. 엄마 친구 아들은 그래서 영어도 잘하고 반에서 1등이래. 엄마 친구가 오늘 막 자랑하더라."

그러자 엄마가 직장 그만둬 하등 득 될 게 없다고 판단한 아들이 '개그'를 한다.

"영어 잘하는 게 뭐 대수라고. 부러워서 그려, 부러워서. 공부가 쬐금 딸려 그렇지, 혼자서도 잘 놀고, 밥 잘 먹고, 학교 잘 다니는 아들 둔 엄마가 부러워서 그려어~."

당신이
미셸 오바마보다 멋져

#1

"동전만 해. 그냥 두면 냄비 뚜껑만 해지겠어."

나이 지긋한 한의사는 거두절미 '원형탈모'라는 진단을 내렸다. 그러면서 혀를 찼다. "세상 고민 혼자 다 짊어졌수? 젊은 분이 뭔 스트레스가 그리 많어? 탈모의 첫째 원인이 화(火)인 건 알지? 그 열 독소 시원하게 풀어내지 않으면 남은 머리마저 홀라당 빠질 게야. 뚜껑이 왕창 열린다구."

#2

같은 시간 정형외과. 큰애 유치원 집어넣고 작은애 친정에 맡긴 뒤 빗길을 달리다 넘어진 바람에 어그러진 오른손 중지. 장정 둘이 달려들어 뼈를 맞추는데 구토가 나올 만큼 고통스럽지만 어금니 깨물고 참는다. 신음소리 한 올 흘리지 않는 그녀에게 의사가 묻는다.

114

"독립운동 하세요?"

"……."

"일제 시대였으면 유관순 언니가 동지 하자 했겠어. 무진장 아플 텐데 소리 한 번 안 지르시네. 환자분 사전에 엄살은 닭살? 나는야 잔다르크?"

#3

같은 시간 산부인과. 혼자 트렁크를 끌고 입원 수속을 밟는 만삭의 여인에게 간호사가 묻는다. "보호자는요?"

이번이 둘째인 관록의 산모, 능청을 부린다. "저는 원더우먼이라 보호자가 필요 없지요."

남편이 회사의 명줄이 걸린 바이어를 접대하는 중이기도 했으나, 죽을 병도 아닌데 모든 일 막살고 달려오라는 건, 합리적인 그녀에겐 억지였다. 살짝 민망하긴 했다. 6인용 병실을 찾아 혼자서 짐을 풀고, 식판에 담긴 병원 밥을 혼자서 꾸역꾸역 먹을 때.

병원 찾은 사연, 저마다 다르지만 세 여인에겐 공통점이 있다. 바로 직장맘! "내 일은 내가", "맨땅에 헤딩", "이 없으면 잇몸으로", "일당백" 같은 구호를 외치며 살아가는 족속. 출산도 혼자, 전셋집 계약도 혼자, 수술도 혼자서 척척 해버리는 그네들 사전에 '징징대다'는 단어는 멸종된 지 오래다.

문제는 마흔 살을 정점으로 그 기세등등한 정신을 몸이 배신한다는 사실. 같은 일을 해도 매가리가 없고 쉬 지치는 데다 바람이라도 불면 삭신이 쑤신다. 의사들은 경고한다.

"일과 육아의 병행이 매일매일 철인 3종 경기 하는 거랑 맞먹는 거 알아요? 전사(戰士) 되려다 전사(戰死)하는 경우 여럿 봤어요."

이웃집 할머니도 충고한다. "아유, 애 키우랴 돈 벌러 다니랴 폭삭 삭았네, 삭았어. 바깥양반이 일곱 살은 어려 봬. 좀 가꿔."

병원 문을 나서는데, 대형 전광판 속 미셸 오바마가 빨간 드레스 차림으로 웃으며 손을 흔든다. 워킹맘 출신의 영부인. "그럼 미셸은 육아 걱정 안 해도 되는 거야? 전쟁 같은 삶은 종친 거야?"

하지만 부러움도 잠시. 허기를 느낀 여인들 근처 밥집으로 들어간다. "여기 추어탕요~", "도가니탕 특이요~". 밥 한 그릇 말아 훌훌 들이마시며 다짐한다. 경제가 어려울수록, 구조조정 같은 말들이 나올수록 골골거려서는 안 된다고, 수퍼우먼의 진가를 보여줘야 한다고.

나도 내 딸을
몰랐어

동서, 잘 지내? 이제 잠은 좀 자는 거야?

지난 연말 만났을 때 수진이 얘기하며 힘들어하던 모습이 내내 마음에 걸려 메일부터 보내. 손윗동서라는 사람이 명색이 청소년 상담사인데 즉석에서 속 시원한 해법을 주지 못했으니 실망했을 거야, 그치?

그런데 동서, 내가 먼저 부끄러운 고백을 해야겠어. 올해 중3 되는 우리 딸 주영이 말이야. 그 녀석이 지난 한 달간 어찌나 지독하게 성장통을 앓는지, 나야말로 내 코가 석 자였어. 하루는 아침밥 먹고도 학교 갈 생각을 안 하기에 "늦지 않았니?" 하니까 "내가 학교를 가든 말든 무슨 상관이야?" 하면서 현관문을 쾅 닫고 나가는 거야.

너무 화가 나서 휴대폰으로 학교 가는 아이를 도로 불러들였지. 그런데 10여 분 침묵 시위를 하던 아이 입에서 뜻밖의 말이 나와. "다른 집 애들 고민은 허벌나게 잘도 들어주고 다니면서 정작 자기 딸은 요즘 뭣 때문에 힘든지, 왜 죽고 싶은지 모르잖아?" 그러더니 눈물을 펑펑 쏟는 거야.

　난감했지. 나만큼 딸애를 잘 아는 엄마는 없을 거라 자부했고, 내가 하는 일을 주영이도 자랑스러워할 거라고 믿어왔으니까. 그러고 보니 울고 있는 아이의 머리 스타일이 살짝 바뀌어 있더라구. 워낙 내성적이어서 앞머리를 이마 위로 넘기는 법이 없는 앤데, 실핀 두 개로 앞머리를 밀어 넘긴 데다 굵은 웨이브까지 넣은 거야. 순간 가슴이 철렁했어. 상담 부모들에겐 아이의 머리 모양, 옷차림의 변화까지 꼼꼼히 살피라고 당부하면서 나는 정작 딸애가 '나를 봐달라'며 보내온 신호를 몰랐던 거지.

　동서, '내가 내 아이를 가장 잘 안다'고 확신하는 것이 부모의 가장 큰 착각이자 비극이란 거 알아? 자식은 나와는 달라도 너무나 다른 인격체이더라고. 그래서 많은 부모들이 아이 말을 열심히 들어주는 듯하지만, 실제는 자기가 듣고 싶은 말만 건성건성 골라 듣는 것인지도 몰라.

　수진이에게 한번 물어봐. 너는 언제가 가장 행복하고, 언제가 가장 속상한지. '내 딸은 이럴 것이다' 미뤄 짐작하지 말고 확인해보라는 뜻이야.

　착실하고 반듯했던 수진이가 돌연 자퇴를 고집하는 데는 이유가 있을 거야. 윽박지르지만 말고 아이를 믿고 기다려보자구. 한국의 열악한 교육 환경에서 자퇴는 새로운 출발일 수도 있으니까. 동시에 아이에 대한 욕심을 우리 함께 한 줌씩 내려놓는 건 어때? 내려놓는 만큼 아이는 날개를 달게 될 테니……

여하튼 이번 설날엔 웃으면서 만나게 되길. 고집불통 권 씨 형제들 지난 추석엔 송편 빚게 하는 데 성공했으니 이번엔 설거지에 동참시키는 전략을 짜볼까? 수진이는 내가 연락해서 따로 만나볼게. 때로는 제삼자의 처방이 효험을 발휘하지.

아빠는 밤에
동대문으로 간다

에궁, 답장 늦어 미안. 시아버님 제사에 생협 간부회의에 중딩 맘 정모까지 겹쳐 짬 낼 겨를이 없었다. 요즘은 전업주부들이 더 바쁜 거 알지?

사실 그대 이메일 받고 나 살짝 충격 먹었음. '최초' 아닌 수식어는 맹렬히 거부하는 천하의 홍지숙이 열다섯 딸내미 땜에 술 먹고 울다니! 열 남자 대들어도 눈 깜짝 않는 홍 상무가 믿었던 딸에게 배신당하고 대성통곡을 했다 이 말이지. 고소해라.

암튼 똑똑하다고 잘난 척하는 여자들이 자식 앞에선 극단적 맹충이가 된다니깐. 핵폭발 직전이나 다름없는 사춘기에 공부는 뒷전이요, 에미를 소 닭 보듯 하지 않으면 도끼눈 뜨고 또박또박 말대답하는 거야 대한민국에 혜주뿐이 아닐 텐데 웬 호들갑? 걍 냅두면 될 것을 군이 해법을 알려달라 하니 태산처럼 몰려오는 잠을 온몸으로 떨쳐내며 한 썰(說) 푼다.

제1계. 말투를 바꿔보삼

똑 부러지고 군더더기 없는 프로페셔널 화법이 당신 최고 매력이긴 하나 설마 자식에게까지 보스로 군림하려는 게 아니라면……. 동창회 땐가 너 딸애랑 통화하는 걸 들으니 딱 세 마디로 요약되더군. "용건만 말해!", "바쁘니까 빨리 말해!", "끊어!" 말 징그럽게 안 듣는 부하직원에게도 그보단 다정하겠더라. 옆집 아홉 살짜리 애가 아빠만 퇴근해 들어오면 슬슬 피하기에 엄마가 왜 그러느냐 물었더니 "아빠는 말을 예쁘게 안 해 무서워요" 하더란다. 남편이 경상도 무뚝뚝이에 다혈질이었다지 아마. 피 끓는 혈연이라도 컨텐츠보다 그릇이 중요할 때가 있다는 교훈.

제2계. 물꼬 트기 아이디~어!

자칭 '쿨빠'인 우리 동네 사십대 아저씨의 간증이야. 아빠라면 껌벅 죽던 딸이 중학교 올라가서는 말도 못 붙이게 하고 게임에만 빠져 살기에 고심 끝 짜낸 아이디어가 "물건 떼러 가자"였대. 한 달에 한 번 딸애랑 옷 사러 동대문 야시장을 훑는 이벤트라나? 남편 극성에 엄마는 딸애 귀 뚫는 데까지 끌려가 함께 생살을 뚫어야 했다는데, 아닌 게 아니라 홍해 바다 갈라지듯 대화의 물꼬가 트이더라는 거야. 그 아빠, 십대와의 소통 고리가 패션, 외모라는 걸 간파한 거지. 지숙, 아이디어는 회사 중역회의에만 내라고 있는 게 아니더라.

제3계. 비교 안 하기

맹렬 부모가 빠져드는 가장 큰 함정이 뭔 줄 아니? 자식에게 없는 것을 있게 하려고 시간과 정력과 열정과 눈물을 낭비하는 것. 이미 가지고 있는 것을 밖으로 끌어내는 게 중요하고 그것조차도 쉽지 않은데 말이지. 암튼 자식 키우느라 니나 내나 가슴이 숯검뎅이가 되었도다. 매를 들 수가 있나, 눈살만 찌푸려도 베란다에서들 훌훌 뛰어내리니 말 한마디를 제대로 할 수 있나. 조만간 만나 웬수 같은 자식들 흉보며 회포나 풀자꾸나.

그녀가 딸과 함께
인도로 간 이유

오지랖이 넓어 별명이 '쩜넷(.net)'인 후배 안 여사는 좋게 말하면 용감한 엄마, 나쁘게 말하면 매정한 엄마다.

일을 지나치게 사랑하는 '워커홀릭'이어서다. 이름 없는 출판사를 전전하며 15년째 대기업 신입사원보다 못한 봉급을 받으면서도 책 만드는 일이 미치도록 좋아 밥 먹듯 야근을 한다. 가정사 때문에 저자들과의 술자리를 마다한다는 건 그녀에게 있을 수 없다. "애는 어쩌구 만날 야근이야?" 물으면 "혼자서도 잘 놀아" 하고, "시어머니는 늦게 온다고 잔소리 안 하셔?" 하고 물으면 "주말에 팔다리어깨 안마해드리고, 통닭에 맥주 한 잔 따라 드리면 싸악 풀리셔" 하며 배시시 웃는다.

언젠가는 2년짜리 '나 홀로' 미국 연수 프로그램을 지원했다고 해서 소심 맘들이 기함을 했다. "너 미쳤니? 남편은 그렇다 쳐. 애가 무슨 죄가 있다고 엄마랑 2년을 떨어져 살아?" 이를 하느님도 아셨는지 연수에 똑 떨어졌다는 소식을 듣고 속으로 쾌재를 불렀다.

그렇다고 물러설 안 여사가 아니었다. 2년 뒤 직장에 휴직계를 던지고 일곱 살짜리 딸과 함께 "인생을 배우고 오겠노라" 인도로 떠난 그녀. 비행기를 탄 사흘 뒤 뭄바이에서 폭탄 테러가 터졌을 때에도 이메일로 활짝 웃는 이모티콘을 보낸 안 여사는, 1년 뒤 딸만 인도에 남겨두고 혼자 발랄하게 돌아와 우리를 또 한 번 놀라게 했다. "지가 남고 싶대서."

그 아이가 벌써 4학년. 얼마 전 만나 딸애 안부를 물으니 "걔가 이제 내 머리 위에서 놀아" 한다. 혼자 밥 차려먹는 건 물론이요, 보신주의자라 배가 조금만 아파도 병원 가서 진료받고 온단다. "엄마 기다렸다간 굶어 죽기 십상이란 걸 깨달은 게지, 흐흐. 며칠 전엔 반 회장 선거에 나갈 거라고 통보하는 거 있지. 그러더니 자기 선거공약과 구호가 어떠냐며 의견을 구하는 거야. 어제가 선거일이었는데 부회장 됐다고 전화했더라. 기집애가 징그러워 죽겠어."

회장은커녕, 4학년이 되도록 체육복 하나를 못 챙기는 철딱서니 아들내미를 생각하니 빈정이 상하는 찰나! 이때를 놓치지 않고 안 여사 훈수를 둔다. "언니, 애 보구 싶어 퇴근길 지하철에서도 달린다며? 애한테 미안해 일감 싸들고 집에서 야근한다며? 그거 중병이야. 부모 있고 자식 있지 자식 있고 부모 있냐. '나는 나 자신에게 나의 생명을 멋지고 값지게 살아줄

의무가 있다.' 사르트르 말이야."

"그래 너 잘났다. 근데 너무 행복해 그런가, 쪄도 너무 쪘다 애. 완전히 푹 퍼졌어."

"그런가? 우리 신랑은 3단 소파 같아 좋다고만 하더라, 흐흐."

사랑한다면
박박 긁어주세요

        DJ 문세 오빠는 말했다. 여인들이여, 다음 세 가지 멘트를 날리는 '선수'를 조심하라고. 1. "오빠 믿지?" 2. "(허리를 와락 끌어안으며) 이런 거 좋아해?" 3. "걱정 마. 손만 잡고 잘게."

  17년 전 봄날, 영옥 씨는 하필 이 세 마디를 입에 달고 사는 선수 중의 선수와 사랑에 빠졌던 것이다. "대문 앞에서 갑자기 허리를 와락 끌어안는데 당해낼 재간이 있어야지. '에라 몰라' 하고 입술을 확 줘버렸죠 뭐, 호호."

  영옥 씨를 처음 만난 건 출근길 동네 지하철 역에서였다. 첫눈에도 맞벌이 여성이 분명한데 행색이 영 어수선했다. 재킷은 다림질을 안 해 꼬깃했고, 왼쪽 바짓단은 올이 터져 너풀거렸으며, 파마한 지 반년은 넘었는지 웨이브는 축 늘어져 있었다.

  회사 경리로 일한다는 그녀는 솔직하고 화통했다. 3학년 아들놈 밥 먹여 학교 보낸 뒤 9시까지 회사 도착하는 게 기적이죠. 하루는 '낙타 등'으로 직원들 앞에서 쇼를 했다니깐. 얼마나 정신없이 옷을 입고 나섰는지 '브라자'가 등 뒤로 돌아간 거예요, 하하!"

낙천적인 영옥 씨의 유일한 걱정거리는 아들이다.

"학교만 끝나면 놀이터로, 골목길로 나돌기에 집에 붙어 있게 하려고 닌텐도를 사줬더니 책 한 줄을 안 읽어요. 해서 엄마가 집에 있을 땐 절대 안 된다 못 박았더니 퇴근 무렵만 되면 요 얄미운 놈이 '오늘은 야근 안 해?' 하고 전화를 걸죠."

그녀가 '선수 남편' 얘기를 꺼낸 건, 통성명한 지 한 달이나 지나서였다. 두 눈이 벌겋게 충혈돼 있기에 "밤새 낭군님이랑 싸우셨구나" 했더니 배시시 웃는다.

"어제가 내 인생 개골창에 빠뜨린 울 남편 제사라……, 호호."

개골창 사연은 이랬다. "손만 잡고 잔다"라던 남자의 꾐에 빠져 불러오는 배에 복대를 차고 결혼식을 올렸다. "오빠 믿지?"를 연발하던 남자는 술과 외박으로 아내 속을 달달 볶았다. 그래도 불평 한마디 안 했다. 홀어머니 밑에서 자라 아버지 정이 그리웠던 차. 남편은 옆에서 숨 쉬고 있는 것만으로도 고마운 존재였단다. 그러던 어느 날 남편이 현장감독관으로 일하던 공사판에서 청천벽력 같은 소식이 들려왔다. 사고였다. 그것도 음주 사고.

"허구한 날 술국 끓여대고, 시중들고, 옷 다려 입히고요. 그게 사랑인 줄 알았어요. 잔소리 퍼붓고, 집에 못 들어오게 문도 잡아 걸고, 헤어지자 협박도 하면서 사람 되게 만들었어야 했는데. 그랬어야 미운 정 고운 정 옴 팡지게 들어 이토록 허무하진 않았을 텐데."

'놀토'였던 지난 주말 영옥 씨를 다시 만났을 때 그녀는 입이 댓발 나온 아들을 잡아끌고 구립도서관에 가는 길이었다. 박물관에 가려고 아이 손을 잡고 있기는 이쪽도 마찬가지였다. 그녀가 혀를 찼다. "이런 건 남자들 시켜야 한다고 몇 번을 말하우. 사랑한다면 바가지를 긁어요. 살아 있을 때 박박 긁어요, 글쎄."

마흔 살 순애 씨의
영어 완전 정복기

"정말 '뷰리풀'한 날씨죠?", "오우 마이 갓, 어째 그런 일이……."

미용사 순애 씨가 말끝마다 영어를 섞어 쓰게 된 건 오래전 일이 아니다. 한때 열 명 가까운 직원을 거느리고 명동 한복판에서 미용실을 운영할 때만 해도 영어로 할 줄 아는 말이라고는 "땡큐"밖에 없었다. "미들 스쿨 종친 뒤로 영어 단어 들어가는 책은 한 번도 펼쳐본 적 없걸랑요."

'드뤼임(dream)'이 생겼기 때문이다. 2년 전 빚보증을 잘못 서 강북 변두리로 쫓겨 온 첫날, 파리 날리는 영업장에서 남편과 소주잔을 주고받다 뇌리에 스쳤던 말이 '이민'이었다. 기술만 확실하면 교수나 의사 같은 엘리트들보다 남의 땅에 더 확실하게 발붙이고 살 수 있다는 누군가의 말이 떠올랐던 것이다.

문제는 영어! 30년 가위질 경력에 기술은 떼어놓은 당상이건만, 영어 시험을 통과해야 하는 것이 가방끈 짧은 순애 씨 부부의 최대 난관이었다. 로커처럼 긴 머리를 휘날리며 오토바이를 즐겨 타던 반백수 남편이, 빗자루를 손에 쥐고 미용실 바닥에 수북이 쌓인 머리칼을 치우는가 하면 손님들 머리를 감기겠노라 팔 걷고 나선 것도 이때부터다.

순애 씨도 바빠졌다. "나보다 머리 좋은 네가 해봐"라는 남편 한마디에 미용실로 강사를 불렀고, 밤 9시 영업이 끝나면 11시까지 영어와 씨름했다. 순탄치만은 않았다. 어휘는 고사하고 문법이 전혀 돼 있지 않으니 강사들이 일주일도 안 돼 두 손을 들었다. "안 되겠다 싶어 문법책을 낱장으로 찢어 통째로 달달 외웠어요." 그러기를 1년 하고도 4개월. 지난해 가을 처음으로 이민 시험을 치렀다. "낙방이죠, 하하. 제가 원래 배짱이 좋아 스피킹은 잘되는데 리스닝이 안 되걸랑요. 꿀 먹은 벙어리처럼 서 있느니 에라 모르겠다 하고 평소 외웠던 문장을 줄줄 읊었는데 안 속대요."

그렇다고 포기하랴. 리스닝을 위해선 원어민과의 소통이 필요하단 생각에 그 길로 영어학원 새벽 6시 강의에 등록했다. 그 덕에 순애 씨의 영어 실력은 일취월장 중. "비법이오? 아시잖아요. 에브리데이 해야 한다는 것. 제일 중요한 건 영어를 죽도록 해야 하는 자기만의 고울, 목표가 있어야 해요."

그런데 영어를 공부하는 바람에 얻은 진짜 수확은 따로 있었다. 미용실에 종일 붙어사는 엄마 아빠 탓에 마사지실을 개조한 작은 방 안에서 혼자 놀고 혼자 공부하는 초등 1학년 아들 녀석이 엄마 어깨 너머로 영어를 터득하기 시작한 것. "이민이라는 꿈 영영 이뤄지지 않을지도 모르죠. 하지만 꿈이 있으니 날마다 떠오르는 태양도 달리 보여요."

클레오파트라식 머리에, 작은 키를 커버하기 위해 신은 10센티 통굽. 작은 농담에도 뻐드렁니가 다 드러나도록 웃는 마흔 살 순애 씨는 예뻤다.

개그우먼 효실 씨의
선택

효실 씨는 한때 개그우먼이었다. 대학개그제에서 은상을 수상한 뒤 나름 화려하게 방송계에 입문하였으나, 딱 2년뿐이었다. 2년은 자신에게 남을 웃길 줄 아는 재주가 많지 않음을 처절히 느낀 시간이었다고 했다.

개그 프로의 단역으로, 이런저런 프로그램의 리포터로 전전하다 결혼을 했다. 아들 둘을 연년생으로 낳고 아예 집에 눌러앉았는데, 그 틈을 타 불청객이 찾아왔다. 우울증이었다.

"두 아이 뒤치다꺼리 하고 나면 하루가 정신없이 지나갔어요. 아이들이 잠들면 아무 생각 없이, 그냥 멍하게 앉아 있었죠. 간혹 정신이 들면 관객을 한 사람도 웃기지 못해 쥐구멍으로 숨고 싶었던 악몽들이 튀어나와 밤을 홀딱 새우기도 했어요."

남편도 밉고, 친구도 싫고, 아이들도 귀찮았다. 애들이 징징대든 말든 내리 여섯 시간 동안 소파에 누워 텔레비전만 볼 때도 있었다. 텔레비전에 나오는 여자들, 거리를 종종걸음으로 바삐 지나다니는 여성들은 모두 자기보다 멋지고 훌륭해 보였다.

짜증은 두 아이에게 퍼부어졌다. "큰애가 방바닥에 우유를 엎질렀는데, 미친 듯이 소릴 질렀어요. 그러다 '내가 지금 뭔 짓을 하는 거지?' 하며 정신을 차렸죠. 아이에게 사과했어요. 네가 우유를 쏟아서 엄마가 화가 난 게 아니라고." 그러자 여섯 살짜리 큰 녀석이 눈물이 그렁그렁한 채로 되레 엄마를 위로하더라고 했다. "난 괜찮아요. 엄마가 나랑 동생 때문에 힘든 거 알고 있어요."

그날 이후 효실 씨는 자신의 콤플렉스를 부추기는 텔레비전을 치우는 것으로 5년간의 잠수 생활에 종지부를 찍었다. 그리고 코칭 센터에 찾아가 부모 코칭 강의를 등록했다. "개그우먼 대신 엄마가 되기로 한 것 또한 나의 선택이었으니까요. 결국 나를 믿고 사랑하는 게 중요한 거였어요. 일이 있든 없든, 능력이 있든 없든 내 안에 내가 확고히 들어 있어야 하는 거였어요."

부모 코칭에 이어 육아 코칭까지 섭렵한 효실 씨는 이 분야에 재능이 있는 걸 발견하고 아예 라이프 코치로 변신했다. 자신의 꿈과 가족의 꿈 사이에서 불안한 줄타기를 하며 가슴앓이 하는 여자들 넋두리를 들어주러 전국 곳곳을 발바닥에 불땀이 나도록 뛰어다닌다. 말 그대로 스타 강사다.

"비법요? 수다 떨며 어깨 토닥여주는 것만으로도 큰 힘을 얻지요. 힘들면 미련 곰탱이마냥 삭이지 말고 사방팔방 알리시라고요." 추석을 위해 효실 씨는 '엽기적인' 이벤트를 하나 추천했다. 가족들 얼굴에 우스꽝스런 스티커 한 장씩 붙여주고 포옹해주란다. 시어머니도 물론이다! "어우, 상상만 해도 닭살? 처음엔 시어머니고 며느리고 엉덩이를 저만치 빼내죠. 하지만 두 팔로 서로를 감싸 안는 순간, 작은 기적이 일어날 테니 두고 보세요. 흐흐."

어깨 한번 따숩게
안아주세요

　　　　　　　　조카, 새해 황소 꿈은 꾸셨는가? 감기는 안 걸렸고? 여기는 남쪽이라 대청까지 볕드는 날엔 봄이 요 근방에 와 있는 양 등 언저리가 따사롭네.

　나는 2009년이 소띠 해라 참 좋으이. 고집스러울 만큼 우직한 그 동물의 성품이 좋고, 우리 막둥이 진호가 소띠 해에 태어나 더욱 애착이 가네.

　기억나는가? 우리 진호. 자네보다 한 살 많았던, 그리고 다운증후군을 앓았던. 소띠 해가 돌아올 적마다 나는 진호가 생각나 혼자 웃네. 그 애가 열두 살 때였을까, 나이 차 많은 큰딸이 시집을 가게 돼 그 댁에 상견례를 갔는데, 녀석이 대청에 앉자마자 스무 살 남짓한 사돈댁 처녀를 뚫어지게 쳐다보았네. 얼굴은 이쁘장한데 뭉툭한 코끝이 딸기처럼 발그스레한 게 제 딴엔 이상했던 게야. 그예 처녀의 코앞에 바짝 다가가서는 진지하게 물었지. "와, 소가 물어뗴더나?" 사부인 얼굴에 핏기가 싹 가시는데 면구스러워 똑 죽는 줄 알았다네.

동네에서도 유명했지. 별명이 '한 시 사십 분'이었어. "밥 운제 묵었노?" 물어도, "아부지 오늘 몇 시 오시나?" 물어도 대답이 언제나 "한 시 사십 분"이었지. 속도 많이 썩었네. 주인 없는 사이 만화방 책을 공터로 죄다 끌고 나갔다가 경찰에게 잡혀오는가 하면, 저한테 방긋 웃어준 교회 집사님한테 장가들겠다며 집까지 따라 들어간 통에 애를 먹었지. 한번은 저를 놀리는 아이를 때려 코피를 터뜨렸기에 "고마 하늘나라 가재이, 어매랑 둘이 하늘나라 가불재이" 했더니 눈을 부릅뜨고 대들었지. "싫다! 하늘나라는 무숩다, 캄캄하다" 하면서.

그러다 정말로 진호가 떠났을 땐 세상을 다 잃은 듯했네. 자네 고모부는 황소처럼 울었지. 장애 가진 아이가 태어나면 네 탓이니 내 탓이니 싸운다는데, 남편은 언제든 아이를 목마 태워 다니면서는, 신기해 쳐다보는 사람들에게 "기똥차게 안 생겼습니꺼?" 하며 윙크를 날리던 호걸이었지. 만취해 들어온 날이면 "그래, 내한테도 듬직한 아들 있었제, 자랑스런 대한의 건아가 있었제" 하면서 자는 아이의 얼굴을 부비고 또 부볐지.

조카, 자네가 힘들다는 소식 들었네. 큰애가 대학에 실패했다고. 아니 학업엔 뜻이 없고 무슨 밴드인가를 결성해 음악을 한다면서. 매사 반듯한 자네에겐 용납하기 어려운 일이겠지. 그럴 거야. 그런데 말이지, 그냥 아이의 선택을 믿고 지켜봐주면 어떻겠나. 가끔 그런 생각을 하네. 왜 우리는 아이들이 곁에서 함께 웃고 숨 쉬고 있다는 사실만으로 기뻐하지 못하는가. 돌아보니 바람 잘 날 없고 악다구니 끊일 날 없었어도 진호와 울고 웃었던 시간이 내 인생의 황금기였네.

조카댁을 잘 다독여주게. 당신 탓이 아니라고, 어깨 한번 따숩게 안아주게. 연설이 길었네.

그런 사랑을 원한 게
아니었구나

아가, 엄마야. 우리 아가를 세상에서 가장 사랑하는 엄마란다.

5학년 다 큰 아이에게 징그럽게 웬 '아가'냐고? 그냥. 그냥 오늘은 아가라고 불러보고 싶구나. 햇살에 부끄럼을 가득 담은 너의 민둥 머리를 보고 있자니 갓난아기 적 네 모습도 선연히 떠오르고.

아가야, 엄마는 너를 참 많이 사랑한다고 생각했어. 의심의 여지없이 확신했지. 너를 위해서라면, 네가 잘되는 일이라면 물불 가리지 않고 뛰어들었고, 그게 사랑이라고 믿었지. 창의력 있는 아이로 키워야 한다는 강박에 그에 걸맞는 과외 선생님, 학원을 찾아내려고 발에 불땀이 나도록 돌아다녔고, 정보력 뛰어난 엄마들 틈에 어떻게든 끼어보려고 안 다니던 교회, 찜질방까지 쫓아다니면서 '세상에 나처럼 헌신적인 엄마는 없을 거야' 하고 확신했단다. 기왕이면 브랜드 옷을 입혔고, 온갖 좋다는 음식 먹이고,

좋다는 운동을 시키면서 스스로 얼마나 뿌듯해했는지 모른단다. 그런 나의 노력에 네가 선뜻 부응하지 못하고 투덜거리거나 힘겨워하면 어찌나 화가 나던지. 기대했던 것만큼 성적이 오르지 않으면 분노를 참지 못해 버럭버럭 화를 냈지.

"누굴 닮아 머리가 나쁜 거니?", "공부 못하면 거지 되는 거 알지?" 하고 서슴없이 협박하면서.

"공부하기 싫어. 학원 가기 싫어. 그냥 거지로 살 거야" 하고 네가 울면서 대들던 날, 그때 엄마는 알았어야 했어. 네가 얼마나 아파하고 있는지, 몸과 마음이 얼마나 병들어가고 있는지……. 이 어리석은 엄마는 그런 줄도 모르고 방문을 쾅 닫고 들어가는 네 뒤를 쫓아가 "게으른 것! 너한테 희망을 건 내가 바보지" 하고 악담을 퍼부었지.

한 달이 지나도록 네 감기가 떨어지지 않고 미열이 지속된 건 불길한 징조였어. 연달아 나쁜 꿈을 꾸고 나서 병원에 갔을 때 의사는 겨우 열두 살인 내 아가에게 청천벽력 같은 진단을 내렸지. 독한 항암제를 맞아 내 아기의 가녀린 머리카락이 술술 빠져나가는 모습을 보고 나서야, 수술 후 눈가에 맺힌 너의 눈물을 보고 나서야 나는 깨달았단다. 그동안 내가 너를 얼마나 고통스럽게 했는지, 네 작은 가슴에 얼마나 많은 생채기를 내었는지. 내가 주려고 했던 사랑은 네가 원하는 사랑이 아니었던 거야. 너는 단지 엄마의 따뜻한 품이 필요했을 뿐인데, 엄마의 믿음 어린 시선이 필요했을 뿐인데……

신이 다시 새 생명을 허락한다면 공부 따위, 학원 따위로 내 아가를 고통스럽게 하지 않을 거야. 숨이 턱에 찰 때까지 마음껏 뛰어놀게 할 거야. 나쁜 말로 내 아기의 가슴에 못을 박는 천박한 짓은 절대 하지 않을 거야. 네 삶은 네가 선택하고 주도해나가도록 끝까지 기다려주고 격려해줄 거야.

미안하다, 아가야.

미안하다, 아가야.

인영 아지매의
목욕탕 음악회

포항 사는 인영 아지매 목청이 득음(得音)에 실패한 무명 소리꾼마냥 꺼칠하게 쉬어 터진 사연.

그녀의 직업은 둘이다. 물가자미 막회 칼칼하게 무쳐내는 강산식당 안주인이 하나요, 다음이 무급 노래강사. 노래 실력은 어릴 적부터 알아줬다. 설이고 추석이고 모였다 하면 가무를 즐기는 집안에서 자랐고, 8남매 중 소리가 젤로 좋았다. 그렇다고 선생질까지 할 생각은 없었다. 그것도 콧구멍만 한 동네 목욕탕에서.

"새벽장 다녀오면 몸 꿉꿉하니 식당 문 열기 전까지 목욕탕으로 직행하그덩. 그 시간에 가면 꼭 만나는 언니, 동생들이 있어요. 한증막, 냉탕 들며 날며 말 섞고 냉커피 나눠 마시다 보니 어느 순간 노래도 흥얼거렸지. 근데 내가 좀 한다 싶으니까 노래를 가르쳐달라고 달려드는 거야."

그 풍경이 진풍경이다. 불땀 확확 쏟아지는 사우나 안에 스무 명 남짓

나체의 여인들이 앞앞이 물바가지를 엎어놓고 둘러앉는다. 그 한가운데 앉아 지휘를 하는 사람이 인영 아지매. 커피 타 먹는 스뎅 숟가락이 거룩한 지휘봉이다. 처음엔 악보도 없이 대강 부르던 것을 컴퓨터 질하는 멤버 하나가 프린트를 해오기 시작하더니 레퍼토리를 문서로 체계화시켰다.

요즘 가장 열심인 곡은 현숙의 〈좋아좋아〉. "사랑을 해봐요, 후회 없는 사랑을 해봐요, 사랑은 없다가도 생기고요, 내 품에서 자라나요……" 친구 같고 애인 같은 남자는 일장춘몽이오, 세상 모든 남정네는 밴댕이란 진리를 온몸으로 터득했건만 사랑에 대한 미련 끝내 못 버린 언니들 탓에 애꿎은 물바가지 등짝만 거덜이 난다.

"무아지경이 따로 없지. 마흔여덟 동생 하나는 우울증도 고쳤는걸. 알코올중독 낭군 땜시 속이 늘 벌겋고 새까맸는데 노래로 그 불덩이 다 뿜어내더니 완전 딴사람 됐지."

물론 소리만 내지른다고 장땡은 아니다. 깐깐한 노래 선생님은 멤버들의 무식한 창법을 그냥 넘어가지 않는다. "호흡이 젤로 중요해. 풍선에 바람을 잔뜩 불어넣어야 다시 바람이 힘차게 뿜어나오잖우? 다음이 강약. 세게 주물러야 간이 배는 음식이 있고, 살짝이 데쳐야 맛 나는 음식이 있는 것처럼. 또 노래 못하는 사람들 특징이 뭔 줄 아우? 쉬운 곡 하나 못 부르면서 이 노래, 저 노래 찔끔거린다는 거. '1 더하기 1이 2'라는 것만 알면 곱하기, 나누기는 저절로 되는 거 아니우."

올해로 3년째. 한 달에 한 번 목욕탕 옆 노래방에서 '저그들만의' 발표회도 연다. "우리 집 남자 '그눔의 여탕만 아니면 드가서 모가지를 잡아끌고 나올 낀데' 하며 툴툴거려요. 그래도 속으론 겁나게 뿌듯해하지. 어디 모임에라도 가면 마누라 노래시키고 싶어 안달이라니깐, 흐흐! 그러니 탕 안에서 넘의 뱃살 감상만 말고 씨원~하게 노래 한 자락들 뽑아봐요. 뿔난 인생 둥글둥글 맹그는 덴 노래가 최고의 보약이지."

행복은
비싸지 않다

　　　　　　　　3년 차 가사도우미 영미 씨는 그다지 실력 있는 파출부는 아니다. 펑퍼짐한 엉덩이만큼이나 매사에 굼떠서 방 하나 치우는 데 한 시간, 욕실 청소하는 데 한 시간이다. 달덩이처럼 훤한 얼굴만 보고 흔쾌히 그녀를 고용했던 주인들은 하루만 지나면 약속이나 한 듯 혀를 찬다. "아이고, 일머리가 저렇게 없어서 원. 먼지를 세고 앉았네 그려." 그러면 영미 씨 배시시 웃는다. "그래두 빤딱빤딱하잖어요."

　영미 씨는 두 아들이 중학교에 들어가면서 가사도우미가 됐다. 비정규직 남편의 월급만으로는 도저히 사내 녀석들 왕성한 식욕을 감당할 수 없어서다. "한창 클 나이에 먹고 싶은 거 돈 아까워 않고 실컷 먹이고 싶어서요. 학원이오? 우리 집에서 공부는 밥 다음이에요, 호호."

　방 두 칸짜리 임대 아파트에선 팔순의 시어머니를 모시고 산다. 안방은 시어머니가, 둘이 누우면 꽉 차는 작은방은 영미 씨 내외가, 거실은 두 아

144

들이 잠방과 공부방으로 쓴다. 잘사는 형들 대신 가난한 막내가 어머니를 모신다고 주위에선 신통해하지만 영미 씨는 펄쩍 뛴다. "어머니 덕분에 임대아파트라도 얻었는걸요. 늦으면 아이들 밥도 챙겨주시고요. 노인네 부려 먹는다 소리 들을까 겁나요 겁나."

영미 씨는 '돈＝행복'이 아니라는 진리를 가사도우미 3년 역정을 통해 배웠단다. "참, 별일도 아닌 걸로 분란이 나대요. 애가 반장 선거에 떨어졌다고 초상집 되고, 싸구려 옷 선물했다고 시누이가 올케에게 악다구니를 퍼붓고……. 사모님 늦게 들어왔다고 사장님이 골프채를 휘둘러 파출소로 달려간 적도 있으니깐요. 어느 집은 도우미한테 밥 한 끼 주는 것도 아까워 라면을 던져줘요. 우거짓국에 보리밥 한 그릇이면 힘이 펄펄 솟겠구먼, 헤헤."

물론 만년 햇살 영미 씨도 돈 못 버는 남편에게, 공부 못하는 아들들에게 윽박지르고 싶을 적 부지기수란다. 그때마다 이웃 교회 목사님이 일러준 비법을 새긴다 하니. "어떤 이가 기차를 타고 가는데 한 꼬마가 열차 안을 뛰어다니며 장난을 치더래요. 급기야 그 사람 바지에 음료수를 쏟았죠. 그런데도 아버지란 사람은 창밖만 바라보더래요. 버럭 화를 내니 그제야 놀란 아버지 두 눈이 빨갛게 충혈된 채 사과를 했다지요. 방금 아이 엄마를 땅에 묻고 돌아오는 길이라 정신을 놓고 있었노라며. 그 말에 불같던 화가 사라졌지요. 상황은 변한 게 없는데 왜 미안한 마음이 들었을까요?

생각을 바꿨기 때문이래요."

가난한 남편 야속하지만 술 안 먹고 한눈 안 파니 감사하다는 영미 씨. 중고 자동차 한 대 없어 명절이면 열 시간 귀성 길에 시달리지만, 그래서 사고 날 일 없고 두 다리 튼튼하지 않냐며 헤벌쭉 웃는 여자. "우리 착한 아들들 하는 말이 있어요. 11호 자가용족의 저렴한 행복이라나? 하하."

여왕의 결혼식

아마도 10년 전 일일 거야. 엄마가 아빠와 결혼한 지 1년쯤 되었을 때니.

대학 친구 중에 인숙이라고 있었단다. 서글서글하고 소탈한 성격에 지혜롭고 아량이 넓어서 '리더'라는 말이 딱 어울리는 친구였지. 남학생들을 제치고 과대표는 물론 단과대학 학생회장까지 섭렵하면서 빛나는 리더십을 발휘했으니, 인기가 그야말로 '짱'이었단다.

그녀로부터 청첩장이 날아왔단다. 결혼? 그녀와 결혼이라는 말이 어딘가 부조화를 이룬다는 느낌을 받았지만, 당연히 축하해주러 결혼식장에 달려갔지. 한데 엄마는 그런 결혼식은 처음 봤단다. 보통 신랑은 가슴을 쫙 편 채 늠름하게 입장하고, 그 뒤를 이어 신부는 친정아버지의 손을 잡은 채 고개를 다소곳이 숙이고 한 걸음 한 걸음 조심스레 나아가잖니. 때로 눈물을 흘리기도 하지. 키워주신 부모님 품을 떠나야 한다는 생각에……. 아버지의 손을 놓고 신랑의 손을 잡을 때 그 슬픔은 절정으로 치닫곤 하지.

그런데 우리 새 신부 인숙이는 입장하는 모양부터 전혀 달랐어. 친정아버지는 오간 데 없고, 신랑과 나란히 손을 잡고 입장하는데, 얼굴엔 함박웃음이 가득하고, 고개를 숙이기는커녕 양옆 의자에 앉아 있는 하객들에게 눈인사를 해가며 씩씩하게 들어서는 거야. 주례 선생님이 "신부는 신랑을 머리털이 파뿌리가 될 때까지 사랑하고 존경하겠습니까?" 하고 묻자, 예식장이 떠나가도록 "옙!" 하고 대답을 해서 객석이 웃음바다가 되었단다. 주례 선생님이 이런저런 덕담을 하실 땐 고개를 끄덕거리며 추임새를 넣질 않나, 친구들이 축가를 부를 때는 리듬에 맞춰 몸을 이리저리 흔들며 따라 부르질 않나, 아무튼 그날 연로하신 하객들은 "이렇게 당돌한 신부는 처음 봤다"라며 혀를 내두르셨단다.

한데 참 이상하지? 엄마 또한 친구의 결혼식 모양새가 낯설고 당황스러웠으면서도 이제껏 아주 유쾌한 기억으로 남아 있으니 말이야.

아주 최근에 또 하나의 결혼식을 봤어. 스웨덴 왕위 계승자인 빅토리아 공주의 결혼식! 결혼 전부터 빅토리아의 러브스토리는 스웨덴 최고의 화제였단다. 섭식장애로 우울증을 앓고 있던 빅토리아가 운동을 통해 극복하려고 헬스장에 갔다가 자신의 담당 트레이너였던 다니엘과 사랑에 빠져버렸으니 말이지. 당연히 왕과 왕족들은 둘의 사랑을 반대하며 비웃었지만 빅토리아는 눈도 꿈쩍하지 않고 자신의 사랑을 키워나갔단다. 7년의 열애 끝에 결국 스웨덴 온 국민의 축하를 받으며 성대한 결혼식을 올린 거지.

국영 텔레비전 방송으로 스웨덴 전역에 생중계된 이 결혼식 또한 시종 눈을 떼지 못할 만큼 아주 흥미진진했단다. 전통에 따라 왕인 아버지의 손을 잡고 예식장에 입장하긴 했으나, 우리 인숙이처럼 빅토리아 역시 커다란 미소를 머금은 채 주변의 하객들에게 일일이 눈인사를 하며 당당하게 걸어 들어가는 거야. 새 신부의 수줍음, 부끄러움이라고는 눈꼽만큼도 찾아볼 수 없었던 거지. 오히려 떨고 있는 사람은 새신랑인 다니엘이었어. 겉으로는 환한 미소를 짓고 있었지만 어쩌나 긴장한 빛이 역력한지, 저러다 쓰러지는 게 아닐까 염려되었을 정도였지. 그런 다니엘의 손을 빅토리아가 꼭 잡아주면서 윙크를 하는데 왜 그렇게 멋져 보이든지. 결혼이 선포되고 축가가 흘러나올 때 눈물을 흘린 쪽은 빅토리아가 아니라 다니엘이었단다. 이번에도 빅토리아는 누나처럼 다니엘의 눈물을 닦아주며 귓속말로 사랑을 속삭였지. 여왕이 될 여자의 품새는 과연 다르구나 하는 생각에 감동이 밀려들더구나.

딸아! 엄마도 우리 딸의 결혼식에서 그런 당당함을 볼 수 있을까? 내가 선택한 사랑, 내가 선택한 결혼식을 '주인'이 되어 당당하게 주도해가는 여유와 자신감!

엄마의 성장판도 끊임없이 자란다

나이가 마흔 줄에 들어서고 애를 둘이나 낳아 키우는데도, 나는 여전히 '엄마'라는 호칭이 어색하다. "엄마, 엄마" 부르며 쫓아다니는 아이들에게 "그래, 응" 하고 건성으로 대답하지만, 암만 생각해도 나는 '가짜 엄마' 같다. '진짜 엄마'는 청주(淸州), 그러니까 내 친정집에 있고, 나는 여전히 그녀의 보호가 필요한 어리디 어린 딸이라는 착각에 빠질 때가 한두 번이 아니니 참으로 한심한 노릇이다.

동료 줌마들과 수다를 떨다 보면, 이 가짜 엄마 강박을 가진 사람이 나뿐이 아니어서 안도하기도 한다. 친정집에만 가면 긴장이 탁 풀리는 게 엄마가 해주는 밥 염치없이 받아먹으면서도 왜 그리 마음이 편안한지, 친정집에서의 잠은 왜 그리 달고 맛있는지, 엄마는 주름살에 검버섯이 덮여 나날이 늙어가는데 나는 왜 이토록 철이 안 드는 건지, 하는 식의 푸념들이 이어진다. 엄마는 태어날 때부터 엄마였고, 우리는 백발 할머니 되어 죽는 순간까지 철부지 딸일 것만 같은 거다.

이 어설픈 가짜 엄마들의 등짝을 진짜 엄마들은 정신차리라며 후려치시기도 한다. "드디어 내 손으로 김치를 담갔다"고 으스대며 전화를 했더니 "나이 마흔에 김치 담근 게 자랑이냐?" 면박을 주시는가 하면, "치사해서 직장 때려치울란다"고 징징대는 딸에게 "앞날이 창창한데 돈줄 뚝 끊으면 애 둘을 어찌 건사하려고 그런 못난 소릴 하느냐, 그럴 거면 아예 시작을 말았어야지" 하며 혼구녕을 낸다. 한 가짜 엄마는 "친정엘 갔더니 엄마가 '나도 이제 늙었다, 너무 자주 오는 것도 반갑지 않으니 올 거면 니들 먹을 건 알아서 만들어 오라'고 해서 화장실에 가서 꺼이꺼이 울었다"고 했다.

한데 참 신기하다. 유전적 요인인지, 사회환경적 요인인지는 몰라도 가짜 엄마들 또한 진짜 엄마들의 억척스러움, 대범함을 조금씩 닮아가니 말이다. 아이들을 위해서라면 죽음의 강도 거침없이 건널 수 있을 것 같고, 맹수 앞에 서도 두려워하지 않을 것 같은 이 무대뽀 배짱 말이다. 덕분에(?) 집에 모기나 바퀴벌레가 나타나면 아이들은 아빠 대신 엄마부터 찾고, 유령 만화를 본 날이면 샴쌍둥이 아기들처럼 내 배와 등에 하나씩 달라붙어 잠을 청한다. 어릴 적 무서운 장면을 보면 "엄마야!" 했듯이 두 아이들도 "엄마야!" 하며 내게로 달려오는 모습이 그렇게 신기하고 뿌듯할 수가 없다.

실제로 아이를 낳고 나서 내 우유부단한 성정이 불의를 참지 못하는 정의의 사도로 바뀌었다. 교통규범 지키지 않는 자동차를 보면 당장 차창부터 내리고, 백화점이나 마트에서 불친절하고 부당한 대우를 받으면 "서비스가 이렇게 형편없어서 오래가겠어요?" 하는 쓴소리를 잊지 않는다. 심지어 놀이터에서 욕지거리를 하며 노는 아이들을 봐도 그냥 지나쳐지지가 않는다. 한번은 아파트 단지에서 이웃 간 주차 싸움이 났기에 시시비비를 가린다고 끼어들었다가 남편 손에 끌려 들어오기도 했다. 스웨덴에서 1년 간 연수할 때에도 "왜 남편 없이 왔느냐"고 딴죽을 걸며 시민카드를 발급해주지 않는 행정당국의 오만함에 발끈해 무려 7개월에 걸친 법정 소송을 시작, 귀국을 두 달 앞두고 시민카드를 쟁취해냈다.

문제는 나를 포함한 가짜 엄마들의 오기와 배짱에는 지혜와 관용이 2프로 부족하다는 점에 있다. 억척은 옛날 엄마 못지않게 억척인데, 감동이 없다고나 할까? 진짜 엄마들의 억척과 투지가 가난 속에서도 아이들을 바르게, 사람답게 키워내려는 노력으로 승화되었다면, 오늘날 가짜 엄마들의 투지는 오로지 자녀의 일류대학 입학과 출세, 경쟁을 뚫고 살아남는 법에 집중되는 것 같다. 옛날 엄마들이 '대의(大義)'를 중시하는 '대인(大人)'이었다면, 요즘 엄마들은 '소의'에 안달하는 '소인'이라는 생각도 든다. 아이의 수학 성적 때문에 잠을 못 자고, 학급 엄마들로부터 소외당할까 봐 전전긍긍하고, 선생님께 촌지를 갖다드려야 하나 말아야 하나를 가지고 몇 날 며칠 고민을 하니 '감동'이 없는 것은 당연하다. 말이 교육열이지, 맹모삼천지교와는 격이 한참 다르지 않은가.

삼사십대부터 일찍 시작되는 우울증도 이 같은 현실과 무관하지 않다.

삶의 모든 에너지와 열정을 아이에게 쏟다 보니 '나'를 위해 써야 할 한 방울의 에너지마저 고갈되는 것이다. 아들, 딸을 모두 특목고에 보낸 뒤 우울증을 앓는 동료 줌마에게 "작은 취미거리라도 네가 원하는 일을 시작해보라"고 했더니 "내가 뭘 하고 싶은지 모른다는 게 진짜 문제"라며 울었다.

자녀에게 쏟는 열정의 2퍼센트만 엄마인 나 자신을 위해 비축해두는 것은 어떨까. 아이의 일거수일투족에 집착하지 말고 1미터 거리를 둔 채 아이가 도움을 요청할 때만 달려가는 것은 어떨까. 누가 수학 명강사로 유명한 선생에게 "우리 아이 수학 잘하는 비결 좀 알려달라"고 했더니 이렇게 잘라 말하더란다. "엄마가 아이에게 무관심해지시면 됩니다."

며칠 전 초등 4학년 큰애의 일기장을 훔쳐보다 실소를 금치 못했다.

"영어 과외 선생님이 바빠서 오늘 못 오신단다. 아싸! 살다 보니 신나는 일도 있네. 그런데 좋은 일이 있으면 나쁜 일도 뒤따라오는 법. 엄마가 오늘 일찍 퇴근한다는 문자가 들어왔다."

아들 녀석의 일기장을 보고, 얼마나 엄마의 간섭과 잔소리가 싫었으면 엄마의 퇴근이 무서울까 씁쓸해하며 웃었다. 그래서 요즘은 아이의 책가방을 잘 들여다보지 않는다. 시험에 들지 않기 위해. 그랬더니 내 마음도 편안해지고, 스트레스의 강도도 훨씬 약해졌다. 가끔 아들 녀석이 제 방 안에서 잠잠하여 "뭐하니?" 하고 물으면 "숙제해" 하는 답이 돌아온다. 알림장을 보고 일일이 공부 계획을 세워주지 않으면 〈명탐정 코난〉 앞에서 옴짝달싹하지 않는 아이였다. 알아서 혼자 뭔가를 한다는 사실만으로 얼마나 감격했는지. 아이를 서울대에 보내 주위의 부러움을 샀던 여기자 선배는 이런 말을 했다. "나 살아보겠다고 애 공부에는 완전 무관심했더니, 엄마 믿고 있다간 제 인생까지 망치겠다 싶은지 알아서 공부하더라." 과장이 섞인 답이겠으나, 부모의 어느 정도의 무관심이 아이가 스스로 클 수 있는 힘을 북돋운다는 사실을 새삼 깨달았다.

가끔 이런 생각을 한다. 세월이 흐르고 흐르면 우리 아이들은 엄마인 나를 어떻게 추억할까. 적어도 무대뽀 잔소리꾼에 눈만 뜨면 "공부해라", "학원 가라" 소리를 입에 달았던 졸모(拙母)의 모습은 아니어야 할 텐데, 참말 걱정이다. 하긴 지금도 늦지 않았다. 아이의 몸과 마음이 하루가 다르게 성장해나가듯, 엄마의 성장판도 노력 여하에 따라 끊임없이 자라고 커나갈 테니 말이다.

나는
엄마가
둘이다

그녀는 정녕 몰랐을까?
"난 배부르다, 너희들이나 많이 먹어라",
"심심할 겨를이 어딨누? 너희끼리 재미있게 놀다 오너라",
"난 안 힘들다, 자식들 편한 게 제일이다"가
어머니의 3대 거짓말이라는 것을……

3

살림에 젬병인 둘째 며느리에게 허구한 날 잔소리를
늘어놓으시니 언제고 벗어나고 싶었던 시어머니 품이
었다. 한데 그 지긋지긋하던 품이 이렇듯 그리워질 줄
누가 알았던가. 그것은 시어머니의 몫이었던 '살림',
말 그대로 '사람을 살리는 일'의 소중함, 그 비할 데 없
는 숭고한 가치를 낯선 타국에서 새삼스럽고도 간절
하게 깨달았다는 의미이기도
했다. 어리석게도 나는 그제야,
10년이 넘도록 우리 집안 살림
을 도맡아주셨던 어머니의 손
길이 얼마나 고단하고 큰 희생
을 요구했던 것인지 깨달았다.

은별 엄마,
시금치 먹고 힘내!

　　　　　　오전 10시, 오늘도 어김없이 '그녀들의 수다'가 시작된다. 아끼던 헤이즐넛 믹스를 꽃무늬 찻잔에 폼 나게 담아낸 오늘의 '마담'은 103동 은별네. 등교에, 출근에 한차례 전쟁을 치른 30평 거실이 단박에 여자들 수다로 뒤덮인다.

　순번도 아닌 은별네가 '마담'을 자청한 데는 이유가 있다.

　"설이 얼마나 지났다고 또 옷 타령이신 거 있지. 장롱을 열어봐도 입고 나설 옷이 없다고 전활 다 하셨어. 월급 쪼개 애들 먹이고 입히느라 나는 영양크림 하날 못 사 바르는데, 허구한 날 '뉘 집은 시부모 봄꽃 여행을 보내주었네, 뉘 집은 용돈을 올려주었네' 하시며 들들 볶아 들들……."

　말이 끝나기 무섭게 동갑내기 다빈 엄마 무르팍을 곧추세우며 바통을 잇는다.

　"에구, 엄살은……. 세상에서 제일 쉬운 시어머니가 돈 좋아하는 시어머넌 거 몰라? 난요 허구한 날 듣는 잔소리가 '저렇게 머리가 안 돌아가 니……'야. 울 시어머니 명문 여고 나온 '엘리뜨'잖아. 애 먹이고 입히고 가르치는 거 하나하나를 교육적 잣대에 비춰볼 때 올바른지, 격이 있는지 따지고 드시는데 주말에 시댁 가는 게 악몽이야, 악몽."

이때 108동 민준 맘이 방바닥이 꺼져라 한숨을 뿜어낸다.

"시어머니면 차라리 낫죠. 전 시아버지 미워 시금치 안 먹잖아요. 할인 마트 가서 일주일치 장 봐 오면 네 남편이 뼈가 부서져라 벌어온 돈을 먹 어 조지는 데 쓴다고 구박, 학교 갔다 온 아이 밥 먹여 학원 보내놓고 잠깐 눈 좀 붙이려면 '네 팔자가 상팔자다' 하시는데 노래방 가서 알바라도 뛸 까 봐요."

"어머어머", "웬일이니", "말도 안 돼" 같은 '사자성어'들이 난무하는 가운 데 미륵보살처럼 앉아 웃고만 있는 여인이 있으니 한 달 전 이사 온 203동 예슬네. '시집살이'란 말은 내 사전에 없다는 듯 여유 만만한 표정으로 좌 중을 둘러본 그녀, 마침내 입을 연다.

"평화와 갈등, 종이 한 장 차이고, 세상만사 내가 마음먹기 달렸지."

쩌억, 이게 웬 빙산 갈라지는 소리! 그러나 눈 하나 깜박하지 않고 예슬 네 장대한 멘트를 날린다.

"신혼여행 때부터 하루도 빠짐없이 홀어머니께 한 시간씩 안부 전화 드 리는 효자 남편이랑 딱 10년만 살아봐. 일요일 새벽 전화 걸어 '오늘 아침

네 남편 반찬은 뭐 해줄 거냐' 묻는 홀시어머니 한번 모셔보라지. 그래서 터득한 비법이 있는데 맛보기로 하나만 가르쳐줄까? 한 달에 한 번 어머니랑 목욕탕 가기! 같이 시들시들 늙어가는 고부가 서로의 알몸을 보고 있자면 뭐랄까, 동지애 같은 게 느껴져. 철없는 남편, 자식 등쌀에 속절없이 사그라진 한 여인의 세월이 보인다니깐. 모든 게 이해되고, 모든 게 용서되지. 물론 등 밀 때 박박 화풀이도 할 수 있으니 일석삼조고, 하하!"

'초강력 알파걸'
탄생기

　　　　　　"으매, 징그랍게 덥네잉. 나 살다 살다 요렇게 덥기는 머리털 나고 처음이요잉."

　봄꽃이 지기도 전에 무더위가 기승을 부리던 5월 말. 산부인과 6인용 병실에서 낼모레 칠십이라는 순복 씨는 원성이 자자했다. 모자동실(母子同室)이라 하여 손바닥만 한 병실에 여섯 명의 산모, 여섯 명의 아기, 여섯 명의 보호자들이 와글와글 북적이는데, 둘째를 임신한 딸이 진통을 시작했다는 소식에 화순서 심야버스를 타고 상경한 순복 씨는 기차 화통을 삶아먹은 목소리로 장내를 휘젓고 다니며 갖은 참견을 다 하는 것이었다.

　"꽃가루가 아그들헌티 치명적이란 거 모르요. 저그 복도에 내다놓으라고 나가 몇 번을 말허요."

　"아따, 젊은 양반. 지금 뉴스를 틀면 으쩐당가. 〈엄니가 뿔났네〉 하는 시간인 거 모르요."

뭣보다 에어컨을 못 틀게 하는 바람에 숨통이 턱턱 막혔다.

"여그가 산모들 위한 병실 아니당가. 쪼매 더워도 우리가 참아야제, 안 그렇소?"

초저녁부터 울려 퍼지는 코골이 소리 또한 가관이라 산모들은 수면 부족에 시달렸다. 잠시 일어나 앉으면 딸 자랑이 늘어졌다. "나가 딸만 너이(四)요. 그중에서도 야가 제일 야물고 반짝였어라. 공부 잘해서 장학금 타오제, 얼굴 반반허제, 은행에 턱 붙어서 봉급 타다주제. 그랑께 내 딸이 '알타리걸' 원조인기라."

객석에서 아무 반응이 없을 때라야 순복 씨는 간이침대에 대자로 누워 잠을 청했는데, 발바닥 올 풀린 스타킹 사이로 만 원짜리 지폐가 한 장씩 박혀 있는 풍경에 산모들은 히죽거렸다.

그 당당하던 순복 씨가 닭똥 같은 눈물을 흘린 건, 48시간의 진통 끝에 딸이 '공주님'을 낳았다는 소식을 전해들은 직후였다. "아이고, 으째 또 딸이랑가. 떡두깨비 장군이 아니고오. 제왕할매도 너무하시제. 사둔 댁을 어찌 본당가……."

그러나 우리의 명랑한 순복 씨, 탄식은 잠깐이었다. 산통이 어지간했는지 초주검이 된 딸이 병실로 돌아오자, 순복 씨 코 한 번 팽 풀더니 짐짓 대견한 어조로 일성을 터뜨렸다.

"장허다, 우리 딸! 여걸들이 휩쓰는 시상에 딸 못 낳아 우는 엄마들이 천지라는디, 우리 딸은 워째 낳았다 하면 떡두깨비 거튼 딸인고."

출장 갔던 사위가 숨이 턱에 닿도록 병실 문턱을 넘는 순간 그녀의 목청은 더욱 높아졌다. "맏딸이 살림 밑천이면 둘째 딸은 나랏기둥이라 안 허더냐. 더도 말고 딱 니맹큼만 키워라잉. 암만, 우리 잘난 딸맹큼만 자라그라잉."

순복 씨는 이웃에 맡겨놓은 농사일 때문에 딸의 퇴원을 못 보고 내려갔다. 가방을 싸던 날 발바닥에 숨겨뒀던 비상금까지 죄다 딸의 손에 쥐여주던 순복 씨는 침대마다 커튼을 열어젖히며 "몸조리덜 확실히 허시요잉, 딸 아덜 구별 말고 나랏일꾼들 튼튼허게 키우시요잉" 하며 덕담을 날렸다. 그녀의 뒷모습을 전의 가득한 눈빛으로 배웅하던 딸과 그 품에 안겨 또록또록한 눈망울을 굴리던 갓난아기. 외할머니로부터 초강력 배터리를 주입받은 '특급 알파걸'들은 그렇게 탄생하고 있었다.

쿨 며느리,
아이스 시어머니

쿨한 며느리

1. 당신 드시던 숟가락에 밥 얹어 손주들 먹이는 시어머니

   "며느리도 배불리 밥 먹을 시간 주시니 감사하지요."

2. 땅에 떨어진 사탕 치맛자락에 닦아 다시 손자에게 빨리는 시어머니

   "나중에 기생충 약 한 번 먹이면 되지요."

3. 먼지 한 톨 못 보는 청결 강박 시어머니

   "그 절반만 따라 해도 우리 집 뽀송뽀송해지지요."

4. 남편을 어린아이처럼 대하며 감싸고 챙기는 시어머니

   "자녀는 독립적으로 키워야 한다 온몸으로 가르쳐주시니 감사할 따름
   이지요."

5. 친정 자주 간다 핀잔하는 시어머니

   "내 빈자리가 이만큼 큰가 하는 생각에 뿌듯할 따름이지요."

6. 용돈 적다 불평하는 시어머니

"용돈 더 달라 말씀하시는 심정은 오죽하시겠어요. 나는 쌈짓돈 많이 모아놨다 자식들에 손 벌리지 말고 살아야지, 다짐하게 하니 반면교사이지요."

7. 일주일이 멀다 하고 시댁에 들르라는 시어머니

"요리법도 배우고 밑반찬도 잔뜩 챙겨올 수 있는 절호의 기회죠."

8. 예고도 없이 방문해 며느리 장롱 정리까지 해놓고 가시는 시어머니

"며느리를 딸처럼 여기고 아끼는 마음이지요."

9. "여자는 남편 받들고 사는 게 최고"라며 반여성적 발언을 서슴지 않는 시어머니

"시어머니 권위 확인하고 싶은 여린 마음이지요."

10. 이웃들에게 며느리 흉보고 다니는 시어머니

"치매 걸려 꼼짝없이 집에 누워계신 것보다는 백배 낫지요."

더 쿨한 시어머니

1. 반년이 다 가도록 전화 안 하는 며느리

"아이 키우랴, 직장 다니랴 얼마나 바쁘면 전화 한 통 할 시간이 없겠수. 오늘은 내가 따뜻한 격려 전화 해줘야지."

2. 시어머니 생신에 미역국 한번 안 끓여주는 며느리

"미역국은 애 다섯 낳는 동안 징글징글하게 먹었는걸. 우리 아들이나 굶기지 않으면 그깟 미역국 안 먹어도 좋아."

3. 시댁 올 때 빈손으로 달랑 오는 며느리

"우리 쌀강아지 손주들만 잊지 않고 데려오면 오케이! 나이 들어 필요한 거 없고, 바리바리 싸들고 와봐야 낭비요 쓰레기지."

4. 명절이면 출장 잡혔다며 도망가는 며느리

"부엌일이 오죽 고역이면 그럴까. 와봤자 도움도 안 돼요."

5. 시댁 한번 오면 냉장고를 통째로 쓸어가는 며느리

"시에미 음식을 저리도 맛있게 먹어주니 감사할 밖에. 새빠지게 담가 보낸 김치 쉬도록 방치해놨다 음식물 쓰레기통에 넣는 며느리보다는 백배 이쁘지."

6. 시어머니 음식은 거들떠보지도 않는 며느리

"우리 착한 며느리가 늙은 시에미 중노동 안 시키려 일부러 그러지. 김 장철에도 배추 다섯 포기만 담그면 우리 내외 뒤집어쓰니 좀 편해?"

7. 시어머니 말씀에 따박따박 딴지 거는 며느리

"늘그막에 배우는 게 많지. 요즘 젊은이들이 어디 노인들이랑 마주 앉 아 있기라도 하느냐 말이지. 무조건 맞다 맞다 해도 무시당하는 것 같 아 재미없어."

8. 퇴근해 들어온 아들에게 앞치마 입혀 설거지 시키는 며느리

"남자도 가사 노동이 얼마나 힘든지 알아야 사람 되지. 어릴 때부터 진작에 시키지 못한 게 한이야."

9. 집을 돼지우리처럼 만들어놓고 사는 며느리

"자고로 깔끔 떠는 집에 돈이 안 붙는 법. 살림 말고도 할 일이 좀 많냐고? 내가 다리 아파 대신 못 해주는 게 미안할 따름이지."

10. 쇼핑 중독 며느리

"뛰어난 능력 접고 남편 아이들 뒷바라지만 하려니 우울해서 그렇지. 내가 손잡고 상담소에 갈 거야."

혼자 소설 쓰지
말자고요

선생님이 아이들 그림을 타박한다는 소문이 돌기 시작한 건 5월 초였다. 엄마들 사이엔 별의별 추측이 난무했다. 엄마가 학교 안 찾아온 아이들 그림이라는 둥, 선생님이 일류 미대 출신이라 그렇다는 둥.

미란 씨 가슴도 예외 없이 내려앉았다. 말이 전업주부지, 학원비라도 벌 요량으로 할인마트에서 알바를 뛰는 '반업 주부' 미란 씨의 신조는 있는 집 엄마들 쫓아가다 가랑이 찢어지느니 학교 근처엔 얼씬도 안 하겠다는 것이었다. 그래도 '스승의 날'만큼은 꽃 한 송이 들려 보내곤 했는데, 올해는 그마저도 까맣게 잊어버린 것이다.

5월이 가기 전 찾아뵙고 만회해야 한다는 일념으로 미란 씨는 장롱 서랍부터 뒤지기 시작했다. 언젠가 남편이 갖다 준 5만 원짜리 구두상품권 한 장, 아들 공부 열심히 하면 주려고 꼬불쳐둔 만 원짜리 문화상품권 세 장이 전부. 언제 한번 멋들어진 선물 들고 선생님을 찾아뵐 수 있나 하는 생각에 와락 설움이 밀려왔다.

이때 전화벨이 울렸다. "들기름 짰는데 한 병 갖다 주랴?" 수원 사는 친정엄마다. "지금 들기름이 문제유? 남 속 타는 줄도 모르고……." 억척 딸이 웬일인가 싶어 꼬치꼬치 캐묻는 노모에게 이러저러 사정을 털어놓던 미란 씨, 제 설움에 겨워 눈물을 터뜨린다.

사건은 이튿날 발생했다. "어마마마, 학교 다녀왔습당." 어쩐 일로 애교까지 섞어 인사하는 아들 녀석 뒤로 힘차게 팔을 저으며 들어서는 이 있으니 친정엄마 김순애 씨! "우리 손주 학교 다녀오는 길이다" 하며 벙글벙글 웃는 노인네 모습에 기가 딱 찬다. "엄마가 왜? 그리고 비, 빈손으로 갔단 말이에요?"

칠순 노모의 대답이 경쾌하다. "빈손으로 어찌 가냐. 너 주려고 짜놓은 들기름 들고 갔지." "내가 못 살아. 우리 선생님 명품족이래." 그래도 눈 하나 꿈쩍 않는 순애 씨다. "명품이 따로 있냐? 짝퉁 천지인 세상에 내 손으로 직접 짠 들기름이 명품이지. 교직원 식당에서 점심밥까지 대접받고 오는 길이다."

친정엄마는 전혀 새로운 뉴스도 전했다. "따질 건 따진다고 아이들 그림은 왜 타박하시느냐 물었지. 첨엔 뭔 말인가 싶어 눈이 동그래지셨다가는 깔깔깔 웃으시더라. 종례 시간만 되면 가정통신문에 낙서하며 떠드는 녀석들 있어 따끔하게 본보기로 삼았더니 그런 소문이 난 모양이라며. 명품 족은 무슨. 수더분하니 자상한 아줌마시더구먼. 떠버리 여자들 말 듣지 마라. 자고로 혼자서 소설 쓰는 게 우울증으로 가는 지름길이다."

"근데 학교까지 갈 용기는 어디서 났수? 외손주는 방아깨비라더니."

"손주 때문이냐? 내 딸 눈물 흘리는 꼴 나는 못 본다."

이젠 나 좀 위해서 살란다, 왜 떫냐?

보부아르의 후예라는 한 페미니스트가 말했다. 모성(母性)은 여러 인간성 가운데 하나이며, 반드시 아름답거나 따뜻한 것은 아니라고. 보부아르까지 갈 필요도 없다. 딸들은 안다. 모성은 자애롭고도 잔인하며, 헌신적이면서도 이기적이고, 때로 엽기적이란 사실을.

#1

성탄절 산타가 빨간 자루를 메고 유치원엘 왔어요. 눈 껌벅이는 마론 인형을 받고 행복해 죽겠다는 아이, 로봇강아지를 받고 "산타 만세!"를 외치는 아이까지 굉장했죠. 분위기가 썰렁해진 건 저 때문이었어요. 산타의 선물이 '내복'이었거든요. 그때 알았죠. 산타는 없다는 걸. 딸의 낯빛이 사색이 되든 말든 박수치며 환호하는 저기 저 고순자 여사가 내가 꿈에도 그리던 산타란 사실을요.

#2

노다지 맞은 기억밖에 안 나요. 말대꾸한다고 맞고, 밥 많이 먹는다고 맞고, 연애질 한다고 맞고. 이게 다 맷살이에요. 이해 안 되는 바 아녜요. 바람기 많았던 아버지에 대한 분풀이랄까? 그래도 맞을 땐 너무 아파서 '자식인데 설마 죽이기야 하겠어?' 했지요. 커서 물었어요. "왜 그렇게 때렸수?" 김옥분 여사 왈, "그래도 고무호스로는 안 때렸다."

#3

딸 셋 줄줄이 낳다 늦둥이로 얻었으니 애지중지 당연해요. 고3인 저는 엊저녁 남은 찬밥을 내줄지언정 초딩 아들내미는 냄비 밥 새로 지어 바치셨으니까요. 너무 서러워 하루는 아랫목에 숨겨놓은 찐빵 세 개를 날름 들고 학교로 튀었지요. 1교시 끝날 때쯤인가. 저기 운동장을 가로질러 부지깽이 들고 달려오는 한 여인이 있으니 우리 엄마 강정례 여사였답니다.

#4

발가락뼈 튀어나오는 무지외반증 환자인데도 이춘옥 여사는 하이힐에 그물 스타킹만 고집했어요. 예비 시댁과의 상견례 때도 "젊음으로 압도해야 한다"라며 호피 무늬 스커트에 부츠를 신고 나와 절 기겁하게 하셨죠. 협심증으로 숨이 깔딱 넘어가게 생겼는데도 병원으로 달려가는 택시 안에서 눈썹 그리고 아이 펜슬 달라시던, 그야말로 '여자'였답니다.

#5

우리 엄만 달랐어요. "우리 새끼들 맛나게 먹는 것만 봐도 배부르다" 하시던 분인데, 환갑 지나며 조금씩 이상해졌죠. "애 좀 잠깐 봐달라" 하면 "꽃구경 가야 한다" 하시고, "고들빼기 좀 담가 달라" 하면 "내가 미각을 잃었다" 하시고. 그제는 홍삼물을 정성껏 다리시기에 "딸 몸보신 시켜주게?" 했더니, 정순영 여사 눈을 동그랗게 뜨고 말씀하십니다. "그건 니 생각이고. 이젠 나 좀 위하며 살란다. 왜 떫냐?"

비장한 김장 일지

미세스 김이 결혼 13년, 아니 나이 사십에 생애 처음 김치를 담가야겠다, 마음먹은 것은 지난겨울 목숨이 깔딱 넘어갈 만큼 지독한 독감을 앓고 난 뒤다. 시어머니 친정어머니 세상 뜨신 뒤로 어디 김치 얻어다 먹을 데가 없고, 내년에 중학교 들어가는 큰아이, 초등 5학년 되는 둘째 아이 학(學)바라지 제대로 해보겠노라 올 초 직장도 때려치운 터라 허리띠 졸라매야 하니 김치 또한 진즉에 담가 먹었어야 마땅하거늘, 오늘 내일 미루다 살이 벌벌 떨리고 어금니가 딱딱 부딪히는가 하면 천장이 빙빙 도는 희한한 감기를 3주간 앓고 나서야 드디어 팔을 걷어붙인 것이다.

김치 담그기에 성공하기까지 그녀가 비장한 각오로 쓴 일기 두 편.

⟨1⟩

세상에서 제일로 지루하고 본전 뽑기 힘든 일이 살림이라고 생각했다.

집에서 살림만 하면서 평생을 사는 것만큼 세상에 허망하고 허탈한 일은 없을 거라 믿었다. 오죽하면 부엌데기라는 말이 생겼을까, 코웃음까지 치면서.

한데 누가 알았으랴. 잔인한 운명의 여신, 아니 이 살벌한 조국의 교육 현실이 나를 이 참혹한 부엌데기의 길로 인도할 줄이야. CNN에서는 연일 글로벌 경제의 위기를 알리고, 중동 지역의 분쟁을 보도하며, 멕시코만에 유출된 기름으로 환경오염이 심각해지는 것을 목청 높여 보도하는데, 한심한 나는 오늘 저녁 반찬은 콩나물로 할까 두부로 할까 아니면 호박을 볶을까 머리를 싸매고 앉아 있으니.

돌아서면 배고프다 징징대는 아들 놈, "맛있는 거 없어?" 하며 시간이 멀다 하고 냉장고 문을 여닫는 먹순이 딸내미를 위해 삼시 세끼 밥 해대기는 참으로 지긋지긋하여, 어떻게 하면 나만이라도 대충 때우고 넘길까만 궁리했던 바, 다음 끼니에 밥 안치기 싫어 아이들 먹고 남은 밥, 반찬 찌꺼기 쓸어 먹기 일쑤요, 배고프면 빵 부스러기, 과자 부스러기 씹거나, 아이들 꼬셔 햄버거 사 먹고 라면 끓여 먹기를 반복하다 결국 멕시코만의 환경 재앙만큼이나 끔찍한 헬스 재앙을 맞이하고 만 것이다.

몸무게가 7킬로나 빠졌으니 평소 같으면 동네방네 자랑하며 나팔 불고 다닐 일을, 통나무로 뼈가 으스러지도록 매를 맞는 듯 온몸이 아프고 물만 먹어도 구역질이 나니 하나도 기뻐할 일 아니네. 젖가슴은 오그라들고,

다리는 시래기처럼 말랐는데 이러다 죽는가 눈물이 쏙 빠지는 게 내가 봐도 한심 두심. 나이 마흔, 꺾어진 팔십은 몸매가 아니라 건강을 생각해야 할 나이라는 걸, 뱃심의 원천인 똥배를 결코 부끄러워해서는 안 될 나이란 걸, 전도유망한 커리어 우먼으로 자칭해온 나는 왜 몰랐던 걸까.

그래서 결심했으니, 남은 인생 살림에 제대로 올인하겠노라, 살림의 여왕까지는 아니더라도 최소한 김치만큼은 내 손으로 칼칼하게 담가보리라, 우리 가족 건강, 아니 내 건강은 내 손으로 지키리라 다짐하고 또 다짐한 것이니, 스스로를 부엌데기라 하대하며 언제고 그늘 뒤에 비껴 있던 친정엄마, 시엄마, 그녀들이야말로 생명을 살리는 살림살이의 주관자였음을 이제야 뼈저리게 깨닫는다.

그들 경지에 이르기란 하늘의 별따기만큼 어려우나, 인정사정 볼 것 없다. 피 튀기는 경쟁 도가니에서도 눈 하나 깜짝 않고 버텨냈던 나인데, 무엇이 두려우랴.

〈2〉

드디어 결전의 날. 눈 뜨자마자 마트로 달려간다. 제일 먼저 산 것이 앞치마. 여성에 대한 편견을 심는 이미지라 하여 혐오해 마지않던 앞치마를 내 손으로 산다. 그것도 분홍색 하트 무늬 빵빵 찍힌 놈으로.

이제 김치 재료를 구입해야지. 통배추 세 포기. 속이 꽉 찬 게 좋다고?

속을 열어봐야 꽉 찼는지, 덜 찼는지 알 게 아닌가. 어림잡아 제일 크고 잘 생긴 놈 세 덩이를 고른다. 배추가 세 포기이니 양파도 세 개, 마늘도 세 통, 생강도 세 톨, 내 맘대로 삼삼삼 원칙. 내 알찬 종아리를 빼다 박은 무 한 개, 파 두 단도 쇼핑카트에 얹는다. 아, 가장 중요한 굵은 소금, 고춧가루, 그리고 멸치액젓! 다 되었다 싶어 계산대 앞에 섰다가 배를 빠뜨린 걸 알고 잽싸게 과일 코너로 달려간다.

서당개 3년이라고 시어머니 김치 담그실 적 어깨너머로 봤던 풍경에서 뇌리에 남아 있는 재료들. 분량도 눈대중, 어림짐작이다. 굴? 갓? 대추? 생초보인 나에겐 그림의 떡이요. 세상에서 가장 심플하고 소박한 김치를 담기로 한다.

재료를 다 장만했으니 이제 배추 절이기. 김치의 성패가 여기 달렸다는데, 물에 소금 풀어 배추 숨 빼는 게 뭐 그리 까다롭겠는가 비웃었다 큰 코 다친다. 시어머니 배추는 하룻밤 지새고 나면 나 죽었소 하고 까무라치더만, 내 배추는 하룻밤 지나고 해가 중천에 뜨도록 빳빳하게 고개를 들었다. "배추 잘못 절이면 김치 썩는다" 충고했던 친구에게 SOS! 소금물이 짜지 않아서이니 배추 뿌리께에 소금을 솔솔 뿌리라 명한다.

어찌어찌 절여진 배추를 건져서 물기를 짠 다음 소쿠리에 담아놓고 양념을 만들려는데, 앗차차 설탕이 떨어졌다. 설탕 사러 동네 슈퍼 가는 길에 미장원집 여자를 만나 수다를 떠느라 한 시간 만에 컴백. 한데 이게 웬

일인가. 그새 물기가 마른 배추들이 죄다 벌떡벌떡 일어나 제 발로 걸어가려는 게 아닌가. 무슨 일이든 때가 있고 순서가 있다더니, 수다 떨다 김치도 못 담을 뻔했다.

양념을 짜게 하면 제아무리 고집 센 배추도 다시 까무라치는 경우 있다 하여, 고춧가루에 멸치액젓을 듬뿍 쏟아붓는다. 무를 채 썰어 넣고, 양파, 파, 마늘 다진 것, 생강 다진 것을 차례로 넣는다. 배는 갈아 넣어야 하는데 귀찮아 그냥 채 썬다. 마지막으로 설탕을 넣어 간을 맞춘다. "아, 맛있다" 소리가 절로 나와야 양념 완성이라는 게 시어머니 지론. 검지에 양념을 푹 찍어 입에 넣으니 못해도 중간이다.

드디어 배추에 양념 치대기. 깁스한 목처럼 뻣뻣한 배추를 살살 달래가며 양념을 묻힌다. 줄기 앞 뒤쪽 모두에 골고루 치댄다. 뜻밖의 복병을 만난다. 양념하지 않은 배추 아직 세 쪽이나 남았거늘 양념이 거의 바닥났다. 다시 버무려야 하나, 배추를 버려야 하나. 고민하다 묘안을 떠올린다. 앞서 치댄 배추들을 도로 꺼내 양념을 턴다. 십시일반, 공생공사!

모로 가도 서울만 가면 되는 법. 한 쪽 쭈욱 찢어 입에 넣으니 맵고 짜고 김치 비스무레한 맛이 나는 것이, 눈물이 왈칵 쏟아진다. 엄마아~ 나도 해냈다우! 마흔 살 철부지 딸이 드디어 김치를 담갔다우~.

우리 며느리는
'에코맘'

　　　　　　　　　　　　내 오늘 우리 둘째 메느리 흉 좀 볼라꼬예.

아, 고것이 나가 서울만 올라갔다 카마 바람 씽씽 부는 한겨울에도 한 시간이 멀다 하고 창문을 열어제끼는디 아주 고약합니더. 시에미 고뿔 걸려 자리보전하게 할라꼬 그라나, 디비져 영영 못 일나게 할라꼬 그라나. 참다 참다 에둘러 물었지예. 손주들 귀한 고추 꽁꽁 얼어빨게 와 이리 문을 열어놓노? 그랬더마 아파트 백에서 무신 독이 나온다는 기라예. 멀쩡히 잘 맹글어논 아파트에 언 놈이 뭐할라꼬 무단히 독을 뿌려놨을까예. 냉장고도 가관이라예. 워서 작은 옹기들은 있는 대로 꽈갖고 반찬반찬 담아 올렸는디, 선반이 을매나 자주 뭉개졌으면 곳곳이 반창고 따붙인 짜국이라예. "무릎 뽀사지게 담가 보낸 김치통은 말끼 어데 갖다 내뿌렀노" 따졌더마 눈을 뎅그랗게 뜸시롱 "어머니, 그릇도 사람처럼 숨을 쉬어야 해요" 카데예.

한번은 시골 내려와 다짜고짜 아범 핵교 다닐 때 쓰던 벤또, 아니지, 양은밥통을 찾아내라 캅니더. 먼지구뎅이 광에서 우찌우찌 찾아줬더마 좋다고 폴짝폴짝 뛰대예. 알고 봤더니 천하의 내 아덜이 회사 휴게실서 혼자 벤또를 까먹고 앉아 있다 안 합니꺼. 금쪽같은 내 손주들은 또 어떻고예. 잘난 지 에미가 햄버거랑 피자, 치킨이라면 눈에 쌍심지를 켜고 못 먹게 함시롱 몸이 마른 풀잎 같어예. 생일날 집에 온 아그들헌티 시루떡이 케이크다 하고, 고구마를 삶어서 준다 카이 동무가 남아나겠능교. 우리 새끼들 햄버거 먹고자파 입맛 다실 생각을 하면 피눈물이 납니더.

그래도 입때껏 싫은 소리 한마디 안 했어예. 내는 메느리를 존중하는 현대적인 시에미이므로! 근디 보소. 고것이 인자 내 살림에도 간섭을 하기 시작했다 이깁니더. 과수원 일손 거들라고 내려오는 건 메느리 넷 중 고것뿐이라 신통방통은 하였는디, 일꾼들 새참으로 된장을 지지다 조미료를 한 숟갈 넣는 찰나에 별안간 비명을 지르며 달려드는 깁니더. 멀치랑 다시마를 두고 왜 화학조미료를 쓰느냐고 바락바락 따짐시롱. 아니, 된장 지질 때 조미료 안 치는 사람도 있능교? 조미료 안 치고 감칠맛이 나능교? 서울 올라가서도 끼니때만 되마 전화를 걸어갖꼬 다짐을 받는디, 나가 지 명에 못 삽니더.

근디 참 요상하지예. 둘째 메느리가 패씸해 똑 죽겠음시롱, 내도 요즘 30분이 멀다 하고 문이라고 생긴 건 모다 열어제끼는 통에 할배 퉁박을 바가지로 듭심니더. 조미료예? 우찌 된 영문이지 입에도 안 댑니더. 그래 그런가, 몸도 개벼워지고 눈도 또록또록해지고예. 하긴 우리 손주들 고뿔 걸리는 거 한 번 못 봤심더.

흉이 아니라 자랑이 늘어졌다고예? 글게 우짜다 말이 까꾸로 흘렀능교. 암튼 가가 에코맘인지, 개코맘이라는디 하는 짓이 이렇듯 흉흉합니더. 야를 우찌 다스리면 좋을까예?

그래도 옥경 씨,
억울하지 않았다

　　　　　　　시아버지 제사가 일요일이라며 좋아했던 건
대단한 착각이었다. 공사(公私)가 분명한 대쪽 부장님께 "오늘 아버님 제
사라 좀 일찍……"이란 말은 죽어도 못 하겠어서 평일 제사가 야속하기만
했던 외며느리 옥경 씨. 하늘이 도우셨는지 올해는 주말에 딱 걸렸다며 내
심 마음이 푸근했던 것인데, 이것이 엄청난 오산이었다.

　장 보기, 전 부치기는 물론이요, 고난도의 밤 치기, 나물 볶기에 더해 중
간중간 남편과 애들 밥상 차려내는 일까지 모두 그녀의 몫이었다. '설 명
절만 하겠어?' 하고 코웃음 쳤다가 큰 코 다친 격. 명절 차례는 큰집에 모
여 지내니 그저 돕는 시늉만 하면 되는 터였다.

　처음엔 이 많은 일을 그간 시어머니 혼자 다 해오셨나 싶어 내심 찔끔했
다. 한데 세 시간째 가부좌 튼 두 다리가 찌르르 저려오고, 불기운에 얼굴
이 벌겋게 달아오르자 슬슬 심사가 뒤틀렸다. 소파에 누웠다 침대에 엎어

졌다 하지 않으면, 불량소년처럼 키득거리며 컴퓨터게임을 하는 남편의 '악행'은 차마 눈뜨고 볼 수 없었다. 채반에 담아내기 무섭게 날름날름 동태전을 집어 먹던 열 살 딸아이마저 염장을 질렀다. "할머니가 지진 동태전은 꿀맛이더만 엄마가 지진 건 왜 이리 짜냐. 게다가 타기까지 했어요." 가재는 게 편이라더니, 다정했던 딸의 배신에 옥경 씨 하마터면 눈물이 나올 뻔했다.

그때 황당한 일이 벌어졌다. "아이고, 웬수 같은 서방 같으니. 살아서는 죽도록 병 수발을 시키더니 죽어서는 늙은 마누라에 하나밖에 없는 며느리까지 이 고생을 시키는구나." 시어머니의 푸념은 계속됐다. "도대체 강 씨 제사를 왜 죄 없는 박 씨랑 홍 씨가 지내야 한다더냐. 안 그러냐, 에미야?" 그러고는 활시위를 마침내 텔레비전 앞에 모로 누워 있는 당신의 외아들을 향해 겨눴다. "네 눈엔 이 눈부신 봄날 불 기름 뒤집어쓰고 있는 여자들이 안 보인다더냐? 빈둥대는 꼴 보기 싫으니 애들 데리고 어디로든 사라지거라!" 느닷없는 시어머니의 혁명적 발언에 어안이 벙벙해진 옥경 씨. 분명한 건 팔다리에 갑자기 엔도르핀이 돌면서 힘이 불끈불끈 솟기 시작했다는 사실이다.

이튿날 옥경 씨로부터 이 이상한 제사 무용담을 들은 여자 선배는 "네가 시어머니 전술에 완전히 말려들었구나" 하며 히죽거렸다. 며느리의 속내를 간파한 깜짝 발언으로 스트레스를 한 방에 날려준 동시에, 혼신을 다해

노동하게 만들었으니! 나이 마흔이 넘었어도 여전히 안쓰러운 늙은 아들은 손주들과 함께 화창한 봄날을 놀이터에서 만끽하게 하였으므로!

그래도 옥경 씨, 억울하지 않았다.

엄마들의
3대 거짓말

　　　　　찜통더위에도 섭씨 백 도를 오르내리는 한증막에 들어앉았을 때 인생 최고의 희열을 맛본다는 미세스 고. 불볕 쏟아지던 지난 주말에도 머리에 수건 질끈 동여매고 동네 불가마에 들어갔으렷다. 그런데 막장 분위기가 이상야릇했다. 한 손에 모래시계, 한 손에 가마니를 들고 입장하는 고 여사를 아니꼬운 눈초리로 쳐다보던 5060 언니들. "요즘 젊은 것들은……" 하다 살짝 중단된 이바구는 젊은 것이 있거나 말거나 계속해서 이어졌다.

　"지금 때 밀려고 누운 젊은 여자 말이야."

　"아하, 얼굴에 오이 갈아 얹은 그 살결 고운 새댁?"

　"새댁은 무슨……. 아, 늙은 친정엄마한테 딸 둘 맡겨놓고 자기만 달랑 세신대 위에 올라가서 때를 밀고 있으니 이게 말이 되느냐고."

　"친정엄마였어? 일하는 아줌마가 아니고?"

"올 때마다 저 풍경이라니깐. 늙은 엄마 때는 못 밀어줄망정 자기만 왕비처럼 올라앉아 있으니. 애 봐주는 값을 얼마나 주는지는 몰라도 저래선 안 되지."

"저건 친정엄마가 잘못하는 거야. 일하는 딸 힘들다고 목욕탕 와서까지 고생을 도맡는 모양인데, 결국은 딸이 욕먹는 거라고."

"쯧쯧", "찰찰", "끌끌" 혀 차는 소리 살벌한데, 왜 죄 없는 미세스 고는 흘끗거리는지. '저는 그런 딸 아니거든요? 때 밀 돈도 없거든요?' 하며 시위라도 하듯 고 여사, 애꿎은 뱃살만 쥐어뜯는다.

아닌 게 아니라 밉상이긴 했다. 지금 불가마에선 어떤 말들이 오가는지도 모른 채 널빤지 위에 천연덕스럽게 누워 있는 형상이라니! 몸매는 또 왜 저렇게 좋아? 공연히 심술이 난 고 여사, 냉탕에 들어가 철푸덕거리며 발장구를 치다 때밀이 아줌마의 눈총을 받는다.

그런데 이 사건의 결말은 다소 황당했다. 5060들이 썰물처럼 빠져나간 뒤 불가마를 독차지한 미세스 고가 벌겋게 익은 몸에 마무리 샤워를 날릴 무렵, 세신대 위에 또 다른 손님이 누워 있으니 아까 그 친정엄마! 딸과 손녀들 씻겨서 내보낸 뒤 혼자서 전신마사지를 받고 계신 게 아닌가. 효도도 생색내며 하라더니! 보는 눈 많을 때 어머니 먼저 밀어드렸으면 그 벌떼같은 욕은 안 먹었겠구먼. 모르긴 몰라도 친정엄마는 '너부터 닦고 가라, 난 혼자 한갓지게 할란다' 제안했을 테고, 순진한 딸은 그것이 엄마의 진심인 줄 알고 흔쾌히 수락했으리라.

　그녀는 정녕 몰랐을까? "난 배부르다, 너희들이나 많이 먹어라", "심심할 겨를이 어딨누? 너희끼리 재미있게 놀다 오너라", "난 안 힘들다, 자식들 편한 게 제일이다"가 노인네들 3대 거짓말이라는 것을……

　궁시렁거리던 고 여사, 목욕탕을 나서며 다짐한다. 그녀를 다시 만나면 친정엄마부터 때 밀게 하시라, 노인네 거짓말에 속지 마시라 귀띔해주리라. 그리고 또 다짐한다. 우리 엄마도 화끈하게 전신마사지 한번 시켜드리리라.

시어머니에게서
친정엄마를 보았다

시어머니 세상 뜨신 지 십수 년이고, 시집
살이라면 조선땅 최고로 옴팡지게 겪은 나라, 웬만하면 내 며느리한테만
은 다정하게 대해야지, 딸처럼 아껴줘야지 하고 입 닫고 살았는데, 더 이
상은 나도 못 참것다. 세상살이 좋은 게 좋은 것만은 아니라더니, 때로는
싫은 소리 모진 소리를 해야 할 때가 있고, 그것이 당장은 듣기 싫고 서러
워도 저희들 나중 사는데 보약이 된다 하니 나도 이제 할 말은 하고 살아
야것다.

아무리 철이 없고 신식 교육을 받았기로서니 시부모 대하는 예절이 그
렇게 없을 수 있느냐. 애 둘 키우랴, 돈 벌러 직장까지 다니랴, 허리가 휘도
록 힘든 것은 내 안다만, 그래도 한 달에 한두 번은 안부 전화를 걸어야 도
리 아닌가 말이다. 하다못해 시부모가 여행을 일주일씩 떠나도 전화 한 통
이 없으니! 다른 집 며느리들처럼 여행 경비는 부족하지 않은지 살펴달라

는 것도 아니다. 건강하게 잘 다니시는지 전화 한 통만 해줬어도 내가 이렇게 서럽진 않것다.

아들이 전화하면 됐지, 며느리까지 해야 하냐고? 아들 전화 다르고 며느리 전화 다르니라. 어색하고 싫겠지. 할 말도 없을 테지. 하지만 어른 모시는 게 그런 것이 아니다. 서로 목소리 들어가며 만나야 미운 정, 고운 정이 쌓이는 법이다.

시에미 전화 반색하고 받을 때는 그저 김치 가져가라는 전화받을 때뿐이더라. 그렇게 바쁘다면서도 주말에 자동차 몰고 득달같이 내려온다. 시에미 담근 김치 맛있게 먹어주니 다행이나, 그래도 섭섭한 마음 감출 수가 없더라. 늙어 그런가, 갈수록 다리며 무릎은 왜 그리도 쑤시고 아픈지. 그래도 우리 손주들 먹을 음식이라 최고로 좋은 배추, 최고로 좋은 고춧가루 골라 갖은 양념하느라 당장은 고단한 줄 모르나, 김치 한번 담고 나면 전신이 아프고 몸살기가 도는데 누구한테 말도 못 하고 똑 죽을 맛이라. 그런데도 우리 며느리님 고마운 줄 모르신다. 김치가 요술방망이 뚝딱 두드리면 짠 하고 나타나는 줄 아시는지, 때만 되면 김치를 가져가면서도 여태 "감사합니다, 잘 먹겠습니다" 소릴 들어본 적이 없다.

시집에 내려오면서도 빈손으로 오는 일 태반이다. "늙은 우리는 필요한 거 없다, 돈 아껴 너희들이나 잘 먹고 잘 입어라" 했더니, 그날로 빈손이다. 거짓말 안 하고 수박 한 통 사오는 걸 본 적이 없다. 대단한 선물을 바라겠느냐. 저희들 연애할 때 생일이라고 사다준 티셔츠를 제 시애비가 색깔이 바래도록 입으며 좋아라 하는 것을 왜 모를까. 다만 손수건 한 장이라도 자식들 마음이 담겼으니 소중한 거 아니겠나.

시집에 와서도 시부모 아침식사 준비한다고 일찌감치 일어나는 꼴을 못 봤다. 밥상에 숟가락 놓는 소리 들릴 때까지 이불을 뒤집어쓰고 있으니 상전이 따로 없으나, 도시에서 일하느라 고단하다 싶어 문을 꼭 닫아줘도 그게 부모 마음인 줄을 모른다.

급성 위궤양으로 병원에 입원했을 때에도 제일 늦게 도착한 것이 우리 며느리더라. 뭔 놈의 출장은 명절, 제사 때만 골라가는지. 시아버지 정년퇴직하는 날에도 아이들 영어캠프 따라가야 한다며 코빼기도 안 보인 간 큰 며느리다. 제 자식 일이라면 만사를 제쳐놓고 달려가고, 제 시부모 일이라면 내일 당장 죽는대도 눈도 꿈쩍 안 하니 제삿밥 얻어먹기도 그르지 않았나. 언제고 말만 앞서고 모두가 허풍이니 믿음이 저만치 달아난다.

나도 우리 아들, 며느리 마음 그늘지게, 거추장스럽게 할 생각 추호도 없다. 다만 싫은 소리 좀 해야겠다. 작정한 것은 다 자식들을 위해서다. 너희도 늙고 병든다. 너희도 시어미, 시아버지 되고 며느리를 맞는다. 자식은 제 부모 거울 삼아 자라는 법이다. 효자효부 밑에 효자효부 난다고 안 하더냐. 조상을 잘 모셔야 복받는다. 나이 들면 이 심정 알게 될는지. 시절 탓을 해야 하랴.

모두가 다 내 죄다. 자식 잘 못 키우고 며느리 지혜롭게 다스리지 못한 내 죄이지 누굴 탓하겠느냐. 그래서 서럽다. 참말로 야속하다.

시외전화라면 돈 많이 나온다며 딸의 안부만 간단히 묻고 부리나케 전화를 끊던 친정어머니가 어쩐 일로 한 시간 가까이 하소연을 하십니다. 올케가 야속해집니다. 미워집니다. 그런데 이상하지요? 친정엄마의 꾸중이 마치 저를 향해서 들려오는 듯하니 말입니다. 어디서 많이 들어본 레퍼토리이니, 바로 우리 시어머니 당신 며느리에게 섭섭한 일 있으실 때마다 늘 하시던 불평입니다. 당신의 친정어머니 또한 시어머니입니다. 나의 시어머니 또한 누군가의 친정어머니겠지요. '인생사 역지사지'입니다.

시간당
녹색 이파리 한 장!

저편한세상 아파트에 육십대 할매 4총사가 살았다. 목청이 쩌렁한 데다, 단지 돌아가는 일에 시시콜콜 딴지를 걸고 훈수를 둬서 주민들은 그녀들을 '심통화통 할매들'이라 불렀다.

부녀회장, 관리사무소장은 할매들 그림자만 비쳐도 꽁무니를 뺐다. 아파트 직거래시장 물목이 함량 미달이라고, 음식쓰레기 수거하는 뽄새가 칠칠맞다고, 돈만 날름 받아먹지 경비는 허투루 선다 하여 허구한 날 "다리몽둥이 부러져야 정신 차리겠느냐"는 호통을 들어야 했기 때문이다.

그러거나 말거나 할머니들은 즐거웠다. 모였다 하면 웃음꽃이 피어서, 자기들끼리 붙인 별명이 '하하호호 4선녀'. 고향, 성격, 생김새 어디 하나 닮은 데라곤 없어도 등산도 함께, 김장도 같이, 병원도 서로 따라가 주면서 '하하호호' 웃었다.

그런데 말이다. 속을 들여다보면 그녀들이 그리 행복한 것만은 아니었다. 할매들 손길이 아니면 옴짝달싹 할 수 없는 금쪽같은 손주들 탓이었다.

"이뻐서 물고 빨고 해도 종일 뒤치다꺼리하면 어깨고 무릎이고 안 아픈 데 있어야지. 늙은이 일일이 푸념하는 거 흉물스럽고, 아들 내외 밖에서 일이나 제대로 하겠나 싶어 말도 못 하니 이게 뭔 팔잔가 싶어."

"뭔 천사할망 났다고 청승을 떨어 떨길. 버릇 한번 잘못 들이면 명줄 끊어질 때까지 형광등 갈고, 벼름박에 못 박는 일이 죄다 우리 몫인 거 몰러?"

"하루는 딸년이 지 아부지랑 구워 먹으라고 쇠고기 조금 싸주는데 사위란 눔이 '뭘 그렇게 많이 싸가세요' 하네. 지하철 타고 집으로 오면서 어찌나 속이 상하던지……. 손자고 뭣이고 안 봐준다 결심했다가도 우리 딸 발 동동 구를 생각에 또 지하철을 타는 거야."

"목을 칵 졸라버리지 그냥 놔뒀슈? 그러게 돈이 웬수여. 자식들헌티 돈 안 쏟아붓고 우리 노후나 착실히 대비했어봐. 부잣집 마나님들처럼 파출부 하나 들여주면 끝 아닌가배. 다 우리 죄여. 자식들만 바라보고 산 우리 죄."

"그래도 동상은 낭군이라도 있으니 의지는 되잖여."

"말 마슈. 퇴근시간 쪼매라도 늦어보라지. 늙은 서방 홀대한다고 팽 하니 삐져서는 온몸이 아파 밤새 앓아도 들여다보질 않어요."

그리하여 할머니들은 이렇듯 현명한 결단을 내렸던 것이다.

"주말엔 그저 안면 싹 깔고 우리끼리 꽁꽁 잠수 타는 겨. 자슥들 집이 무너지든 말든, 손주놈 열이 펄펄 끓든 말든 그냥 튀는겨."

"못 배우고 돈 없어 입때껏 지네들 뒷바라지하며 살고는 있으나, 우리에게도 양파 속살처럼 희고 탱탱했던 시절이 있었다는 걸 알려줘야 한다~ 이 말씀."

"그래도 정이 있지. 어쩌다 자식들 부탁에 토요 당직을 설 수 있는 거 아닌감. 그럴 땐 꼭 수당을 챙겨야 한다 이 말이오. 시간당 녹색 이파리 한 장! 어길 시 강퇴여. 얼렁 새끼손가락들 걸어 글씨."

어머니의 속풀이송

　　　　　　　　무뚝뚝하고 퉁명한 데다 살짝 우울 증세도 있었던 우리 시어머니, 요즘 확 달라지셨습니다. 입가엔 미소가 물려 있고, 자주 콧노래를 흥얼거리시고요. "애비 아침밥 굶기지 마라", "애들만 집에 두고 나다니지 마라", "음식물 쓰레기는 그때그때 버려라" 등 시시콜콜 하시던 잔소리도 대폭 줄었습니다. 애인이 생긴 게 아니냐고요? 그 비스무레한 기쁨과 재미가 요즘 우리 시어머니를 행복의 도가니에 몰아넣고 있습니다. 들어보실래요?

　그 뭣이냐. 느희 오두방정 시누이가 동네 게시판에 노래교실 회원 모은다는 광고를 보고 내도 가보라 하지 않드나. 다 늙어 노래는 무신 노래, 했는디 석 달에 5만원밖에 안 하니 거저 아니냐며, 집에서 놀면 뭐하냐꼬 자꾸 밀어붙이기에 한번 가봤다 아이가. 뭔 할망구들이 그리나 많은지, 서울 멋쟁이 할매들은 거기 다 모인 것 같더라. 늙은이들이 옷도 빤질빤질한 것만 입고, 신발 굽도 젊은아들맹키로 아찔하게 높은 걸 신고 모였는디 나가 젤로 촌사람이라. 어떤 할매는 교실 안에서까지 썬글라스를 끼고 온갖 폼을 다 잡으매 노래를 부르는디 가관이라.

와 이리 할매들이 바글거리나 했더마 '미스터 하', 그러니께 강사 총각 때문이라. 이 남사가 노래를 우찌나 잘 부르는지, 현철, 태진아는 명함도 못 내민데이. 목청이 마 쩌렁쩌렁하다가도 간들간들하고 박력이 넘치다가도 애절하기가 그지없으니 할매들이 깔딱 넘어간다 아이가. 마흔이나 먹은 총각이 또 우찌나 할매들을 웃기는지 내는 마 노래 공부 시간 두 시간 중 한 시간은 고마 웃다 나온데이.

첫날 갔는디, 이 젊은 강사가 다짜고짜 반말을 찍찍 써가며 바지 타령을 하는기라. "내 오늘 청바지 어떻노?" 어디 나이 많은 할매들한테 반말이고 싶은 게 내 두 눈이 둥그래지는데, 다른 할매들은 "멋져요", "짱이야" 함시롱 장단을 맞추네. 그러니께 좋아가지고는 또 이래. "허리사이즈 32! 참고들 하시소." 그게 끝이 아니라. 빨간 에나멜 구두를 턱하니 보여줌시롱 "이것도 하나 뽑았다" 하더만 양쪽 바지 주머니를 홀랑 까집어 보임시롱 "바지 하나, 구두 하나 뽑고 나니껜 빈털터리 되얏다" 하는 기라. 근디 참 이상하제이. 이 천하에 버릇없는 총각이 밉상이 아니고, 볼수록 귀엽고 정겨워지니 말이시.

몸매도 차암, 좋더라. 키는 땅딸막한디 운동을 많이 해 그런가 가슴팍이며 궁뎅이가 물개처럼 탄탄한기, 할매들이 입을 따악, 벌리게 생겼데이. 얼굴도 그만하면 귀염성 있고……. 지 말로는 자전차를 타고 남양주부텀 반포꺼정 매일매일 출퇴근을 하다 보니 그게 운동이 되어서 몸매가 탱탱해졌다는디 우리 시들시들한 애비한테도 참고가 되지 않겠나.

그 매력덩어리인 미스터 하가 매주 세 곡을 가르쳐주는디 잘 배웠나, 복습은 지대로 해왔나 볼라꼬 분단별로 노래를 시켜. 나 같은 신삥들이 태반인 우리 분단은 넉살도 없고, 그 뭣이냐, 테끄닉도 없고, 힘달가지가 없으니 노래에 박력이 없는디, 그럴 때면 우리 미스터 하 눈살을 찌푸림시롱 "와 그라노? 오늘 밥 안 묵었나? 하기 싫으면 고마 집에 가라" 하는데 그 모습이 우찌나 웃기는지 배꼽이 도망갈 지경이라. 잔소리도 엄청 한데이. 어금니 안 떼고 노래한다꼬, 노래와 몸이 따로따로 논다꼬.

아주 가끔 이 총각이 지 신세타령도 한데이. 한 날은 자전차를 타고 집에 가는디 중간에 비가 철철 오더래. 그걸 다 맞고 가는디 순간 지 처지가 한심하고 허전함시롱, 나가 왜 이렇게 사나 싶은기 눈물이 철철 나오더란다. 나만 길 잃은 외기러기이고, 나만 쓸쓸하고 허전한 중 알았더만, 이 잘생기고 앞날이 창창한 총각도 인생이 그리 서글프다니게 마음이 짠하고 한편 위안도 되는기라. 딴 할매들도 같은 생각인지, 교실 분위기가 고마 쥐죽은 듯 숙연했다 아이가.

그래도 기분 좋은 날이먼 고 날렵한 몸으로 고고춤을 한바탕 춰주는디 할매들이 기양 좋아서 우짤 줄을 모른데이. 지난 복날엔 미스터 하가 또 이러는 기라. "복날인디, 우리 누님들 영계 한 마리 사다 인삼 한 뿌리 넣고 마늘 한 줌 넣고 보골보골 먹음직스럽게 끓여서 누구한테 줘야 하지?" 그랑께 이 능청시런 할매들이 아주 합창을 해요. "미스터 하! 미스터 하!" 고럼 또 장단을 맞춰서 답사를 하제이. "내가 집에 돌아가면 빽빽빽 우는 자식이 있나, 여보 당신하며 살갑게 구는 마누라가 있나, 그저 우리 이쁜 할매들뿐이야요."

일주일에 한 번 이 귀여운 미스터 하 보러 가는 거, 아니 가슴이 후련해지도록 노래 부르러 가는 기 요즘 내 사는 낙이라. 노래란 그저 듣기만 해도 기분이 좋아지지 않드나. 노랠 부르는 순간만큼은 꿈 많은 소녀이고, 피 끓는 이십대 청춘이고, 사랑에 빠진 삼십대 여인인기라. 그래 돈이 한나도 아깝지 않데이. 노래 값에 웃는 값까지 치면 느희 시누이 말마따나 거저 아이가. 니도 기분 울적하다 싶으면 내 따라 노래교실 가제이. 농담 아이데이.

시어머니 킴의
스웨덴 편지

　우리 며늘아이 얘기 좀 들어볼라우? 아니지, 그전에 사전 설명이 필요해. 그러니까 노란 머리, 파란 눈의 며늘아이라오. 외국인, 아니 그것도 북구라파 스웨덴 여식이지. 왜 안 궁금하겠어. 그 추운 나라에서 며늘아이를 들인 사연 말이야. 그러니 내 이야기부터 할게요. 스물다섯 꽃다운 나이에 스웨덴 청년을 만나 사랑에 빠진 사연.

　국립의료원 정신과에서 인턴을 할 적이라오. 한국전쟁 때 부상당한 병사들 치료해준다고 스웨덴에 의료진을 파견했는데, 그때 우리 의료원에 소아과 레지던트로 온 스웨덴 청년 의사와 사랑에 빠졌다오. 전쟁 때 부모님 모두 여의고 외가에서 아래로 세 동생 데리고서 어렵게 공부해서 그런지 너무 일찍 남자에게 정을 준 건 아닌가, 칠십 넘은 요즘 느닷없이 그런 푸념을 한다우, 호호!

　하나님 은혜로 천애 고아인 내가 어찌어찌 의과대학까지 졸업했는데,

그만 벽안의 사내를 사랑하게 되어 이국 만 리 북구의 나라까지 날아왔으니, 이 또한 하나님의 뜻이었다고 해야 할까. 아무튼 내 나이 일흔 하고도 셋이니 오십 평생을 스웨덴이라는 나라에서 아이 넷 낳고 키우며, 또 정신과의사로 가난한 영혼들 구제하며 열심히 살아온 셈이 되었지.

그러니까 내가 흉보려는 며늘아이는 우리 둘째 아들의 여인이라오. 부모가 다 사람 고치는 일을 해서 그런가, 맏딸에 이어 둘째 아들도 의사가 되었는데, 사랑한다고 데려온 여자도 의사야. 의과대학에서 공부하다 만났는지, 인턴 생활 하다 사랑에 빠졌는지는 내 알 바 아니지만, 키도 훤칠하게 크고 눈매도 서글서글한 게 같은 여자가 봐도 매력이 있더라구. 북구의 강인한 전통이 심신에 서려 있어 강단 있고 다부져도 보이고. 한 시간 거리 병원을 자전거로 출퇴근한다는 말에 우리 뻣뻣하고 깐깐한 아들이 드디어 '임자'를 만났구나 했다오.

문제는 결혼해 다섯 아이를 낳고 난 뒤였지. 다섯 아이라니, 호호. 스웨덴이 아무리 복지 좋기로 소문난 나라여도 아이 다섯을 거리낌 없이 낳아 키우기란 매우 드문 일이지. 사연인 즉, 첫딸 낳고 혼자는 외로우니 하나 더 낳는다는 게 쌍둥이 두 딸이 나온 것이고, 딸만 있으니 아들 하나 더 낳아보자 한 것이 둘이 한꺼번에 나왔다 이거지. 아들 손자가 나오니 반갑고도 반가운데 이 바쁜 세상에 애 다섯을 어찌 키울 것인가 생각하니 시에미인 내가 봐도 막막해. 모른 척해도 누가 뭐라 안 하건만 마음이 자꾸 약해지고 맞벌이까지 하면서 애 다섯 키우느라 눈코 뜰 새 없이 바쁜 며늘아이가 안쓰럽기 그지없는 거야. 친정엄마부터 친구, 이웃 엄마들에게 부탁해 자기 일하러 나갈 때마다 짜게 되는 아이 돌봄 스케줄을 나한테 보여주는데 내가 봐도 악 소리가 나지. 집은 멀어도 내가 도울 일 있으면 언제든 불러라 했더니, 다음 날부터 전화통에 불이 나요.

여장부 한번 내뱉은 말을 주워 담을 수도 없는 바, 새벽같이 달려가 아침 출근 챙겨주고 손자손녀 어린이집에 보내고 나면 정오가 돼야 내 집에 돌아와 밥 한 술 뜨는 일과가 시작된 거라오. 그런데 언제부턴가 우리 며늘아이가 저녁 때에도 '콜'을 하는 거지. 생일 파티다, 크리스마스 파티다, 결혼기념일이다 하면서 저녁에 아이들을 돌봐달라는 거지. 파티 나가 즐기고 계실 며늘아이를 위해 손주들 저녁 차려주고 이야기도 들려주고 양치해 잠재워주는 날이 하루 이틀 늘어나기 시작한 거요.

한데 우리 며늘아이 갈수록 태산이라. 반나절 봐주고 집에 가려고 하면 며늘아이가 불쌍한 눈을 하고 조금만 더 있다 가시면 안 되느냐고 또 사정을 해. 이유가 조깅을 하고 와야 한다는 거야. 아이들 키우며 일까지 하려면 체력이 담보되어야 하니 운동을 해야 한다는 거지. '애가 무릎 아파 잘 걷지도 못하는 시에미 생각은 눈꼽만큼이라도 하는 건가' 싶어 서운하면서도, 어찌 들으면 말 되는 거 아니유. 딱 한 시간만이라는데.

그렇게 퇴근 후 조깅 하러 나가기를 1년여 하더니 얼마 전엔 자기네 동네에서 열린 마라톤에 참가해 일등을 했다며 씩씩한 목소리로 전화가 걸려온 거야. 애 다섯에 우리 아들, 그러니까 제 남편까지 해서 여섯 명이 "혜이야 맘마" 하며 응원을 하는데 일등을 안 할 수가 없었다나. 이게 다 시어머니 '킴(Kim)' 덕분이라며. 능청도 금메달감, 애교도 금메달감 아니유?

그런데 말이지, 며늘아이 도우러 그 집에 출퇴근하는 게 꼭 싫지만은 않았어. 눈에 넣어도 아프지 않은 내 손자손녀들인데 며늘아이 돕는 핑계로 자주 가서 볼 수 있으니 몸은 고단해도 마음은 기쁘더라고. 무뚝뚝한 내아들 어찌 지내나 볼 수도 있고. 한국도 그렇지만 시에미 제 집에 들락거리는 거 동서고금을 망라해 어느 며늘아이가 좋아해요. 스웨덴에도 자동차 운전수 옆자리가 시어머니 자리라고 할 정도로 시어머니는 불편하고어려운 자리라우.

어쨌거나 얄밉고도 얄미운 내 며느리가 말(馬)처럼 건강, 또 건강해야 다섯이나 되는 손자손녀 시집가고 장가갈 때까지 무럭무럭 잘 키워줄 거 아니요. 그래서 나는 오늘도 내일도 자동차를 운전하여 며늘아이 집으로 달려간다오.

Dear Mother

엄마,

5년 전 내가 '엄마'가 되고 나서 당신을 더욱 가까이 느낍니다. 어머니라는 존재가 얼마나 소중한지, 내 어린 아들의 해맑은 눈을 통해 깨닫습니다. 당신 또한 나에게 똑같은 존재였지요. 내 사랑의 원천이었고 보호막이었음을 분명히 기억합니다.

스무 시간의 비행 후에 스웨덴에 처음 도착한 날, 다섯 살 소녀는 그 원천을 잃어버린 것 때문에 아프고 슬펐습니다. 소녀는 누군가를 잃어버렸다는 슬픔을 어떻게 표현해야 할지 알지 못했습니다. 그저 온몸으로 고통을 느꼈고, 매일 밤 꿈속에서 길고 검은 머리의 아름다운 여인을 만났습니다. 그 꿈들은 실제 기억이었을까요?

엄마, 우리가 헤어지기 전까지 엄마와 나는 늘 함께 있었지요. 기억하세요? 우뚝 솟은 산들, 어둠 속 불꽃, 밤하늘에 빛나던 별들 그리고 고기 굽는 냄새……. 잠이 쏟아지던 나는 내 작은 머리를 당신의 무릎 위에 얹었지요. 내 볼은 당신 치맛자락의 부드러운 감촉을 느꼈고, 내 코는 당신의 향긋하고 친밀한 냄새에 도취되었죠. 높은 산들, 불꽃 그리고 가물가물 사라지던 웃음소리, 이야기들……. 산이 높았던 그 마을에 여전히 남아 있는 것은 바로 어머니, 당신과 이어진 끈입니다. 그 끈은 내가 어디로 가든 따라왔고, 내가 다시 돌아가야 할 길을 일러주었습니다.

수많은 세월이 흘렀고, 서로가 아주 멀리 떨어져 있지만, 그 끈은 아직 거기, 산들의 땅에 있다는 것을 느낍니다. 어머니와 이어진 그 끈은 기쁨이자 고통입니다. 비밀스러운 장소에 감춰놓고는 잊어버린 참으로 소중한 것. 영원히 잊고 살 뻔했지만, 내 아들이 비추어준 환한 불빛으로 그 소중한 끈을 다시 기억해냅니다. 잊혀진 비밀, 그 진실을 찾아야겠다는 용기를 얻습니다. 당신과 이어진 끈이 나를 산들의 땅으로 다시 데려온 것입니다.

우리가 다시 만났던 날을 기억하시지요? 스물여덟 살, 다 자란 여성이었지만 아직 '엄마'이지는 않았던 그때, 나는 당신을 마주할 준비가 충분히 돼 있지 않았던 모양입니다. 어색했고, 할 말이 생각나지 않았습니다. 눈물도 나지 않았습니다. 당신이 먼저 말했습니다. "미안하다."

당신은 내 어린 시절 꿈에서처럼 아름답지는 않았어요. 그리고 나는 알아챘습니다. 어른이 되어 나타난 딸의 존재가 당신의 양어깨에 놓인 무거운 짐일 뿐이라는 것을. 내 앞에는 그동안 꼭꼭 숨겨온 비밀의 무게에 짓눌려 한없이 연약해진 여인이 앉아 있었습니다.

당신은 당신의 새로운 가족에 관해 말해주었지요. 남편과 세 명의 자녀들. 그중 누구도 나의 존재를 알지 못했습니다. 물론 나는 놀라지 않았어요. 결혼하지 못한 여자의 아기는 버림받는 나라에서 나란 존재는 지워지지 않는 흉터처럼 엄마의 인생을 오랫동안 억압해왔을 테니까요.

엄마, 엄마를 원망하지 않아요. 삶이 얼마나 절박했으면 그랬을까, 아버지 없는 아이를 세상의 멸시를 받으며 혼자 키울 생각에 얼마나 괴로웠으면 그랬을까, 충분히 이해할 수 있습니다.

하지만 엄마, 당신이 언젠가는 나의 반쪽 형제들에게 스웨덴이란 나라에 사는 누나가, 언니가 한 명 있다는 사실을 말해주셨으면 좋겠어요. 산들의 땅을 떠나시기 전에 꼭. 그들도 처음엔 충격을 받고 화가 나겠지요. 하지만 세월이 흐르면 당신을 이해하게 될 거에요. 그들도 엄마의 자식들이고, 한 아이의 엄마이고 아버지일 테니까요.

오랜 시간 동안 나 또한 당신과 같은 방식으로 우리의 감추어진 끈을 외면해왔음을 고백합니다. 하지만 이제는 그 진실을 어두컴컴한 비밀의 동굴에서 빛의 마당으로 옮기려 합니다. 당신이 내게 준 생명 그리고 당신으로 인해 알게 된 모든 선하고 아름다운 것들에 감사하면서. 그것들을 나의 다섯 살 아들에게도 선물하겠습니다. 그래서 지금 나는 기쁘고 행복합니다.

당신의 딸 엘리자벳

엘리자벳은 다섯 살 때 스웨덴으로 입양된 한국 여성입니다. 대학에서 커뮤니케이션을 전공한 뒤 현재 심리상담사로 일하고 있는 엘리자벳은 한국의 빈곤 여성들을 돕는 스웨덴 여성들의 모임 '민들레 회원'으로도 활동하면서, 2010년 1월에는 블로그 '민들레 엄마들(mindlemothers.blogspot.com)'을 개설, 한국의 미혼모들을 경제적, 정신적으로 지원하는 프로젝트를 추진하고 있습니다. 그 블로그에 영문으로 올린 엘리자벳의 글 'Remembering a mother', 그리고 그녀와의 인터뷰를 종합해 재구성한 글입니다.

나는 시어머니와 별일 없이 산다

며느리를 엄청 구박하는 시어머니가 있었다. 별것 아닌 일로도 눈물이 찔끔 나게 혼을 내서 '21세기에 이렇게 간 큰 시어머니가 다 있나' 싶을 정도였다. 어느 날 독실한 크리스천인 시어머니가 예루살렘으로 성지순례를 떠나게 됐다. 치매 기운이 있고 몸도 성치 않아 자식들은 한사코 말렸지만, "내가 예수님 걸으셨던 순례지에서 죽는다면 이보다 더한 영광이 어디 있겠느냐"라며 기어이 여행을 떠났다. 그리고 며칠 뒤 비보가 전해졌다. 성지에서 심장마비로 사망하셨다는 것이다. 며느리는 천만 원이 들어도 좋으니 급행으로 시어머니 시신을 모셔 와야 한다며 고집을 부렸다. 그렇게 구박을 당하고도 저렇게 효심이 깊을 수 있나 싶어 며느리에게 물었다. 어차피 돌아가신 분 그리 급히 모셔올 게 뭐 있느냐고. 며느리 대답했다. "성지에 머무르시다 예수님처럼 부활하시면 어쩌려구요. 그럼 저는 끝장이에요."

나는 시어머니와 산다. 큰아이 태어나기 전이니 벌써 11년째다.

시어머니와 한집에서 산다고 하면 반응이 셋으로 나뉜다. 면구스럽게도, "참 착한 며느리네"가 단연 으뜸이다. 말씀하시는 분들 대부분 연세 지긋한 남성들이다. 한마디로 '어이구, 기특해라' 분위기다. 시어머니와 산다는 단 하나의 사실만으로 눈망울에 존경심까지 담는 분도 계시다. 고부지간 사는 풍경이 전쟁터처럼 시끄럽든 말든, 시어머니와 한 울타리에서 산다는 그 자체만으로 단박에 '효부' 반열에 오른다.

두 번째는 "진짜? 너 용감하다" 식의 까칠 반응이다. "친정엄마 아니고 시금치의 그 시어머니?" 하며 재차 묻는 사람도 있다. 대부분 내 또래 여성들이다. 어떤 말 못할 사연 있기에 '시'자 들어가는 족속과 한 울타리에서 살게 된 것인지 의심하는 표정 역력하다. 친한 친구들은 '고부 갈등'을 염려한다. 왜 아니겠는가. 한국 여성사, 아니 결혼사의 절반이 고부 갈등의 역사인 것을. 두 번째 부류의 사람들은 내게서 측은한 시선을 거두지 못한다. "가능하면 빨리 독립하라"라는 조언을 잊지 않는다.

세 번째 반응이 나는 가장 재미있고 뜨끔하다. "복받았네, 복받았어!" 대체 무슨 복이란 말인가. 두 번째 부류의 사람들이 들으면 눈이 휘둥그레질 소리다. 여기서 복이란 '애 키워주는 복'이다. 요즘 같은 세상에 시어머니 모시고 살겠다는 며느리 없듯, 요즘 같은 세상에 손자 키워주겠다는 시부모도 찾아보기 힘들다. 오죽하면 '신(新) 손자병법'이란 말이 생겼을까. 시부모 상견례 때 손주를 키워주겠노라 약조해야 손주를 낳아드리겠다는

'빅딜'을 한다는 며느리들 말이다. 시어머니보다 베이비시터가 낫다며 두 번째 부류들은 한사코 말리겠지만 나처럼 소심한 맞벌이 여성들은 '그럼 에도 불구하고' 시어머니 손길을 택한다. 당장은 힘들고 일면 굴욕적이지 만, 길게 보면 그게 현명하고 약삭빠른 선택이었음을 11년 '시집살이'가 뜨겁고 생생하게 일깨워준다.

나와 똑같이 70년 개띠인 맞벌이 여성도 이러한 사실에 진심으로 동의 했다. 홍보대행사 간부인 희진 씨 역시 두 아이를 이웃 아파트에 사시는 시어머니에게 맡기고 일을 나간다. 여장부에 성격 강하고 불같은 성미의 시어머니라 온갖 갈등의 요소가 곳곳에 산재해 있다고 했다. 외며느리에 시누이가 셋이라 말 한마디 까딱 잘못해도 큰 화가 발생하는 최악의 시츄 에이션. 한데 그녀는 매우 씩씩하고 지혜롭게, 그것도 13년째 시어머니와 의 동거를 지속하고 있었던 것이다.

비결을 묻자, 인생을 너무 심각하게 받아들이지 않기, 시어머니 잔소 리는 한 귀로 진지하게 듣고 한 귀로 가뿐하게 날려버리기, 같은 여성으 로 연민의 정을 쌓으며 연대하기, 뭐 대충 이런 식으로 정리했다. 한마디 로 '쿨하게', '여장부답게' 식 전략이다. 그녀는 "일일이 시어머니 잔소리 에 반응하고 그 이면에 숨은 뜻이 뭘까 예민해해봤자 내 정신 건강에 득 될 게 하나도 없었다"라고 말했다. 일과 육아를 병행하려면 시어머니의 손길은 절대적인데, 별것 아닌 일로 시어머니를 속상하게 하는 일은 절대 금물이란 얘기다. 그저 "맞네요, 어머님 말씀이 딱 맞네요" 하면서 맞장구치며 넘어가고, 딸처럼 가끔 반말을 섞어가며 "에이, 뭐 그런 걸 가지고 삐치슈? 내가 잘할게. 며느리 하나는 시원시원한 물건으로 잘 골랐잖아, 안 그러우?" 하면서 눙친다는 것이다. 한번은 그 강인한 시어머니 눈에서 눈물이 흐르게 했다고도 했다. 야근을 하고 돌아온 날 밤, 손주들 먹이고 씻겨 재워놓으신 어머니, 일에 지쳐 들어온 며느리에게 "밥은 먹었냐"라고 물으시는데 그 말씀 너무나 고마워 자기도 모르게 어머니를 꼭 껴안았다는 것이다. "고마워요 어머니" 하면서. 약간의 장난기가 발동한 탓이기도 했는데, 돌연 며느리 품에 안긴 시어머니가 눈물을 터뜨리더라는 것이다. 그래서 둘이 껴안고 펑펑 울었다고 했다.

사실 내게도 이와 비슷한 추억이 있다. 지난 1년 두 아이를 데리고 스웨덴으로 해외 연수를 다녀오면서 우리 고부 사이에 큰 변화가 일어났다. 남편에게는 미안한 고백이지만, 스웨덴 연수 결정이 나고 서울을 떠나게 되었을 때 나는 속으로 쾌재를 불렀다. 나무꾼과 결혼한 선녀가 아이 둘을 겨드랑이에 끼고 하늘로 훨훨 날아오르는 기분이 바로 이런 것이 아닐까 생각했을 정도다. 어쩌면 일과 가정을 병행하는 일이 끔찍이도 고통스러운 한국의 현실에서 벗어나 보육과 교육에 관한 한 세계 최고라는 복지 선

진국에서 살게 된 것에 대한 기쁨이 컸던 탓이기도 하다. 아내와 두 아이를 타국에 보내고 홀로 남을 남편의 외로움은 안중에도 없었으니 말이다.

그런데 '천국'이라고 확신했고 그래야만 한다고 믿었던 스웨덴에서 나는 생각지도 못했던 '그리움'에 빠져들었다. 그것은 나서부터 초등학교 3학년이 될 때까지 한시도 떠나지 않고 키워준 할머니와 손자가 헤어질 때 두 손 맞잡고 흘리던 눈물 때문만은 아니다. '아이가 할머니를 저토록 좋아했나' 싶은 게 나 또한 눈물이 글썽거리긴 했으나, 스웨덴에 도착한 순간부터 "나는 자유다!"라는 소리가 터져나왔다.

지독한 '그리움'은 스웨덴 정착 6개월 만에 급습했다. 추운 북구의 겨울, 그 한가운데에서 아이 둘 뒷바라지하며 내 학업 생활을 병행하던 중 완전히 녹다운되고 만 것이다. 천장이 뱅뱅 돌고, 먹는 것마다 토해냈다. 일어나 서 있지 못할 정도로 몸이 상하더니 몸무게가 순식간에 7킬로그램이나 빠져나갔다. 체력을 과신했던 게 화근이었다. 매 끼니 밥하기 싫으니 아이들 먹이고 남은 음식 부스러기를 긁어먹거나 건너뛰다가 스웨덴 독감에 속절없이 쓰러진 셈이다. 일주일이 지나도 회복될 기미가 보이지 않자 나는 '큰일'이 날 경우에 대비해 유리창에 아들 녀석 보라고 비상연락처를 써서 적어놓았다. 당장 병원에 가야 할 상황이었지만, 한 번 의사 진료를 받는 데 30만 원가량 되는 돈을 내야 하는 외국인 신분이라 끝까지 버티며 미련을 떨었다.

　그리움은 이 절박했던 상황에서 내 가슴을 사정없이 파고들었다. 시어머니가 해주시던 그 따뜻한 밥 한 끼, 바삭하게 구운 삼겹살에 파절이 듬뿍 얹어 한 입 먹으면, 아니 바글바글 끓인 강된장에 밥 한 공기 비벼 먹으면 금세 일어나 앉을 것만 같은 거다. 꿈을 꾸기도 했다. 스톡홀름 아파트 문 밖에 어머니가 찾아와 서 계시는 꿈. 전화로 스웨덴 사정을 전해 들은 시어머니는 "내가 지금 날아가랴? 우짜꼬. 우리 새끼들, 내 메느리를" 하며 금방이라도 울음을 터뜨리실 태세이니, 전화를 끊고 "어머니, 어머니, 아이구 아파라" 하면서 통곡을 했다.

　청결강박증이라 할 만큼 유난히 깔끔하신 성미라 살림에 젬병인 둘째 며느리에게 허구한 날 잔소리를 늘어놓으시니 언제고 벗어나고 싶었던 시어머니 품이었다. 한데 그 지긋지긋하던 품이 이렇듯 그리워질 줄 누가 알았던가. 그것은 시어머니의 몫이었던 '살림', 말 그대로 '사람을 살리는 일'의 소중함, 그 비할 데 없는 숭고한 가치를 낯선 타국에서 새삼스럽고도 간절하게 깨달았다는 의미이기도 했다. 어리석게도 나는 그제야, 10년이 넘도록 우리 집안 살림을 도맡아주셨던 어머니의 손길이 얼마나 고단하고 큰 희생을 요구했던 것인지 깨달았다.

　난생 처음 앞치마를 사서 두르기 시작한 것도 이 그리움 덕분이다. 시어머니가 담가주시던 그 싸글싸글한 맛은 아니지만 생김치라도 칼칼하게 휜

밥 위에 얹어 먹으면 힘이 솟을 것 같아 맘 먹고 생애 처음 김치를 담갔다. 배추를 잘못 절여 금값의 배추 몇 포기가 쓰레기통으로 들어간 것 빼고는 맛이 제법 훌륭해서 아들 녀석과 둘이서 생김치에 밥을 싸서 몇 공기를 비우면서 얼마나 뿌듯해했는지 모른다.

물론 그 약발은 영원하지 않았다. 귀국해 다시 시작된 시어머니와의 한 지붕 살이는 여전히 약간의 긴장과 눈치, 비굴함이 공존한다. 그렇다고 완전 도로아미타불은 아니다. 명쾌하게 설명할 수는 없지만 무엇인가가 변했다. 벽이 한 겹, 아니 세 겹 정도 사라진 느낌이라고 해야 하나? 좀 더 구체적인 그림을 그려 보이자면, 어머니와의 대화가 훨씬 잦아지고 재미있어졌고, 어머니의 건강을 더더욱 걱정하게 되었으며, 먼 산을 바라보는 어머니의 옆모습이 매우 쓸쓸해 보인다는 뜻이다. 여장부 희진 씨처럼 가끔은 반말도 섞여 나오고, 어머니를 골려서 웃음을 터뜨리는 재주도 생겼다. 며칠 전엔 회식 자리에서 술을 마신 핑계를 대고 밤늦게 퇴근해서는 덥석 시어머니의 다리를 주물러 드리면서 취중진담을 늘어놓았다. "어머니, 저희 내외가 어머니 엄청 존경하고 감사해하는 거 아시죠? 둘 다 표현에 서투른 게 문제지 마음은 안 그렇다 이겁니다. 아시지요? 손주를 둘이나 안겨드렸으니 이 며느리가 최고 아닙니까? 주절주절……." 남편은 기겁한 표정으로 안절부절못했지만 어머니는 눈물을 글썽이시며 매우 흡족해하셨다는 것을 나는 취중에도 확신할 수 있었다.

언젠가 두 번째 부류의 친구가 "시어머니랑 한집에서 어떻게 사니? 그것도 10년 넘게" 하고 물어본 적이 있다. 그때 나는 농담 반 진담 반으로 대답했다. "도 닦는 심정으로 산다." 그다음 문장도 있었으나 입 밖으로 내뱉지는 않았다. 공자 왈, 한다 흉볼까 봐. 다음 문장은 이것이다. "시어머니 또한 도 닦는 심정으로 사시지. 며느리 눈치 보며, 전전긍긍하시면서."

고부 관계, 부부 관계를 비롯한 모든 인간관계의 갈등은 '나'를 먼저 내세우며 위하는 태도에서 발생한다. '나만 알아달라'는 식이다. 하지만 역지사지로 상대의 처지와 입장을 배려하면 갈등은 줄어들고 문제는 훨씬 빨리 해결된다. 상대의 마음을 헤아리고 배려하여 양보하는 것은 꽤나 쉬워 보이면서도 어렵다. 자존심 때문이다. 그런데 재미난 것은 이 굳건한 자존심, 자만심이란 것도 '버리고 낮추기' 연습을 몇 번씩 하다 보면 몸에 곧 익숙해진다는 사실이다. 한번 배우면 평생 잊어버리지 않는다는 자전거 타기처럼, 헤엄치기처럼.

처음 '손주 맡기기' 전략으로 기꺼이 시어머니와의 동거를 택한 나의 이기주의 또한 세월이 흐르면서 '정'으로 여물었고, 일상이 되었으며, 이젠 시어머님이 여행을 떠나 며칠씩 집을 비우시는 날이면 어딘가 마음이 허전하고 불안하다. 그 옛날 3대 독자의 외며느리로 들어가 시어머니와 위로 다섯 명의 시누이들로부터 온갖 설움과 구박을 옴팡지게 당하셨다는 나의 친정어머니도 며칠 전 추석특집으로 〈김영임의 효〉 공연을 보다가 눈시울을 적셨다고 했다. "지금처럼 풍요로운 시절에 살았더라면 시부모님 용돈도 많이 드리고, 맛난 것도 많이 사드렸을 텐데. 그때는 왜 그리 가난하고 쪼들렸는지……."

  친정엄마 말씀대로 미우나 고우나 남편의 어머니이고, 집안의 어른이며, 손주들이라면 한걸음에 달려오는 할머니인데 자존심을 앞세우면 얼마나 앞세울 것이고, 각을 세우면 또 얼마나 세울 것인가. 우리의 할 일이란 여전히 아들에 대한 미련과 집착을 버리지 못하는 그녀들에 대한 애틋한 연민과 다정한 연대일 뿐이다. 문제가 생기면 피하거나 멀리하려고 하지 말고 정면돌파 하면서 미운 정을 쌓는 것도 한 방법. 죽어도 연민이 안 생긴다고? 목욕탕 가서 시어머니 등 한번 밀어드리면 그 쭈글쭈글 시든 몸매에서 연민이 왈칵 솟구치리니. 처음 한 번이 힘들다. 자주 부대끼고 옥신각신하고 그리고 화해하면서 진정한 소통은 이뤄진다.

우리는 모두
같은 힘으로
살아간다

아버지는 특히 배 여행에 아이처럼 환호하셨어요.

밤 10시가 넘도록 해가 지지 않는 백야의 바다를 바라보시며

당신은 말씀하셨지요.

"다시 태어나면 일개 봉급쟁이로 살 내가 아니다.

사나이 대장부로 태어나 이생에서 이루지 못한 꿈

저 대양처럼 펼쳐 보일 테다."

4

초등학교 5학년 때인가, 노환으로 돌아가신 할머니 장

례를 치르고 온 날, 안방에서 이불을 뒤집어쓰고 울던

아버지를 보고 나는 퍽 당황했다. 그때까지 내게 아버

지란 존재는 우는 사람이 아니었다. 울어서는 안 되는

사람이었다. 그런데 아버지가 아이처럼, 엄마를 잃어

버린 어린아이처럼 울고 있는 것이다. 체면을 목숨보

다 소중히 여기는, 한국 가부장의 전형이었던 우리 아

버지가 말이다. 그 아버지가 아주 많이 늙으셨다. 요

즘은 뵐 때마다 전혀 새로운 모습을 자식들에게 선사

해 깜짝깜짝 놀란다. "그냥, 궁금해서

걸었다. 애들은 잘 크냐, 회사는 편안

하냐, 사위도 건강하고?" 하시면서 사

소한 안부를 묻고 또 물으신다.

아빠 왜 그래,
아마추어같이

#1

형님, 정초부터 우울합니다. 제가 지난해부터 달리기를 좀 열심히 했습니까? 술에 절어 살다간 애들 대학 가는 것도 못 보고 지구를 떠나겠다 싶어 퇴근하기 무섭게 헬스장에서 매일 7킬로씩 달렸다 이 말입니다. 이 악물고 뛴 데는 집사람에 대한 배려도 있었지요. 결혼 13년이면 천하의 잉꼬라도 별수 없잖습니까. 또 맞벌이하다 보면 주위에 훤칠한 남자들 숱하게 볼 텐데 적어도 개구리 배만은 면해야겠다 다짐했지요. 그리고 마침내 목표를 달성했습니다. 배 아래 두 발이 보이는 건 물론이요, 빨래판, 아니 식스 팩까지 생겼다 이 말입니다. 하여 며칠 전 작심하고 와이셔츠를 벗어젖혔지요. "짜잔~."

한데 반응이 영 썰렁합니다. '좀 찌그러져 그런가?' 머쓱한데, 집사람 입에서 참으로 혹독한 멘트가 튀어나옵니다.

"너만 살겠다 이거지?" 이어 살벌한 연설이 이어집니다. "넌 시간이 남아도는구나, 난 종일 회사서 시달리고 집에선 애들한테 부대끼다 세수도 못 하고 고꾸라지는데. 넌 팔자가 늘어졌구나, 제자리 뛰기에 펑펑 쓸 돈 있으면 불쌍한 마누라 보약이나 해주라……."

빨래판은 삽시간에 쪼그라들고, 기가 차고 억울해 엉엉 울고 싶더라 이겁니다.

#2

내 사정도 그리 유쾌하진 않네. 들어보게. 내가 딸 둘을 연년생으로 낳고 '카사노바'에서 '달라이 라마'로 인생을 바꾸지 않았겠나. 그 좋아하던 술집도 끊고, 담배도 끊고, 심지어 기도라는 걸 하기 시작했네. 좀 험한 세상인가. 그런데 어느새 말만 해진 딸들이 애비를 종 부리듯 하는 게야. 툭하면 "아빠, 물 떠다 줘", "다리 주물러줘", "리모컨 좀"…….

"이젠 늙은 애비 시키지 말고 힘 남아도는 니들이 해라" 그러면 "울 아빠가 변심했네", "가부장이네" 코맹맹이로 징징대는데 아주 징그러워. 취직해서 돈이나 벌어오면. 마누라한테도 속았지. 딸들은 어릴 때부터 공주로 키워야 시집가서도 왕비 대접을 받는다기에 해달란 대로 다해줬더니 이 꼴이 뭔가. 딸년들 공부방, 옷 방은 있어도 내 방은 없어. 퇴근하면 내 소지품 놓을 데가 없다고. 마누라 차지한 안방에서 쪽이불 펴고 잘 수 있는 것만도 다행이지. 김수현은 왜 〈아빠가 뿔났다〉는 안 쓰는 거야?

#3

왜들 그래, 아마추어같이. 그러게 마눌님께 "연약한 당신, 새해엔 헬스 좀 해볼 테야?" 먼저 권했어야지. 면박에도 불구하고 그날 밤 꿋꿋이 환상의 퍼레이드를 펼쳤어야지.

그리고 달라이! '또 딸'이었을 때 회식을 핑계로 병원은 그다음 날 갔지 아마? 지난 설 명절 두 아들 거느리고 입장하는 동서를 부러워 죽겠다는 눈길로 바라봤지? 엊그제도 단골집 마담에게 문자 날렸지? 아내에겐 천 개의 눈이 달렸나니, 반드시 복수한다네.

옥 과장의
'마이크 울렁증' 극복기

'만담의 여왕' 고춘자가 환생한 줄 알았다.

'나도 리더가 되어 보겠노라' 다짐한 과장·팀장급 여성 마흔 명이 모 여대 강의실에 모여 처음으로 자기 소개를 하는 자리. 순서가 한 칸씩 다가 올 때마다 그놈의 인사말 때문에 가슴 졸이며 안절부절못하던 김 팀장, 마 이크 잡는 폼부터 예사롭지 않은 옥 과장이 생글생글 웃으며 입을 뗀 순간 완전 무장해제되고 말았다.

"여러분, 긴장되시죠? 지루하시죠? 제 소개에 앞서 우리 재미난 스트레 칭 한번 해볼까요? 자아, 양쪽 손바닥을 마주 대보세요. 크기가 약간 다르 죠? 그럼 작아 보이는 쪽 손가락을 쭉쭉 늘려보십시다. 그렇죠, 쭈욱 쭉~. 다했으면 다시 두 손바닥을 마주 대보세요. 어때요, 같아졌죠?" 순간 "와 아" 하고 터지는 탄성. 그러자 옥 과장 천연덕스레 웃음폭탄을 날린다. "뻥 이었습니다!"

김 팀장으로선 여간 부러운 게 아니었다. 맡은 일은 동료 남자들 입이 딱 벌어질 만큼 야물딱지게 해내 입사 7년 만에 팀장 자리에 올랐건만, 간부들 앞에서의 브리핑 자리, 아니 신입사원들과의 오리엔테이션 자리에서조차 입만 열라치면 가슴이 벌렁대고 머릿속이 하얘져서는 버벅대기 일쑤였던 것이다.

지난해 받은 연말 보너스를 남편 몰래 꼬불쳐두었다가 리더십 강의를 듣기로 마음먹은 것도 그 때문. 한데 본전을 빼게 해줄 적격의 인물이 눈앞에 나타난 것이다. 수업이 끝난 뒤 "맥주 한잔하자"며 옥 과장 손을 잡아 끈 김 팀장, 거두절미하고 물었다.

"그 배짱과 말발, 타고나신 거예요? 노력하신 거예요?"

"노력을 지나치게 많이 했더니 이젠 타고난 것 같은 착각이 드네요, 후훗."

"그럼, 처음엔 과장님도 가슴 떨리고 버벅대셨단 말이에요?"

"저 보기보다 수줍음 많은 여자예요. 행운의 클로버 이파리 모으는 게 여중시절부터의 제 취미라고요. 별명도 알려줄까요? 불타는 홍당무, 흐흐."

"그럼, 그 대단한 용기와 담대함과 철면피의 비결은?"

"긴장과 비난을 두려워하지 말고 즐겨라!"

"???"

"김 팀장님, 부장한테 깨지면 삐져서 밥부터 안 먹는 스타일 맞죠?"

"핫! 그걸 어떻게?"

"혼나면 애 얼굴 떠올라 눈물 핑 돌고, 그때마다 밥 굶어가며 자학하고."

"쪽집게다."

"당장은 분풀이가 될지 몰라도 그럴수록 자존감은 연탄불 위 오징어처럼 오그라든다고요. 난 화장실 가서 실컷 운 담에 코 한 번 팽 풀고 당당하게 자리로 돌아가요. 그리고 외치죠. '부장님, 불쌍한 저에게 밥 좀 사시죠!', '이 대리, 정 대리, 오늘 뭐 먹고 싶어? 내가 쏜다!' 그것만 자신 있게 할 수 있으면 오너 할아버지가 부른대도 주눅 안 들어요."

부장님이 열 받은
진짜 이유

"오늘 부장 왜 저래? 월요일 아침부터 저승 사자처럼 이마에 석 삼 자를 좌악~ 긋고."

"눈에선 불화살이 뚝뚝 떨어지는데요."

"금요일부터 저래. 뭔가에 단단히 화가 난 듯 턱 밑이 벌겋게 달아오르다가는 불안과 초조가 뒤섞인 오묘한 표정을 해가지고는……."

"에이! 밥 먹을 때 일 얘기, 부장 얘기 하지 말랬지. 겨우 구내식당 짬밥 먹으면서 열 살짜리 애들처럼 왜 그리 쫑알쫑알이야?"

"아냐. 이번엔 좀 심각해. 뭔가, 중대한 뭔가가 있어."

"어이, 오른팔 정 과장은 그 심중 알 거 아냐."

"담배 토크 중단된 지 엿새쨉니다."

"아무래도 저 때문에 열 받으신 거 같아요."

"일 잘하는 윤 대리가 왜?"

"새해 프로젝트 성사시키느라 똥줄이 탔는데, 마무리도 하기 전에 하반기 프로젝트를 해보자 하시기에 한숨을 폭 내쉬었거든요."

"아냐, 아냐. 내가 와이프 아프다며 연이틀 칼퇴근해서 열 받으신 거야. 그렇지 않고서야 '김 계장~' 하고 다정하던 호칭이 '김. 철. 수. 씨!'로 급 냉랭해지겠어?"

"절 바라보시는 눈빛도 예사롭지 않아요. 연말 망년회 때 웃통 벗고 꼬장 부린 게 두고두고 괘씸한 거예요."

"아, 이번에도 인사고과 엉망이면 대기 발령인데……."

"그러게 젊은이들아, 아이디어 좀 나눠 갖잔 말이다. 부장한테 잘 보여 니들만 살겠다 이거냐?"

"실은 제가 인사부 동기한테 들은 얘기가 있는데……."

"뭔대, 뭔대?"

"곧 마케팅부와 홍보부를 통합할 계획이래요. 그러면 하늘 아래 두 개의 태양이 존재할 수 없는 거고. 더구나 홍보부장은 우리 회장님 입안의 혀라잖아요."

"초등학교 후배에다, 여사님과는 동향이기도 하지."

"하긴 우리 부장은 성질이 좀 더러워서 그렇지, 아부라고는 모르는 강직형이니 윗분들 구미에는 안 맞지."

"어쩐지 지난번 화장실에서 큰일 보시면서도 혼자 중얼중얼대다 씩씩대다 막 그러더라고요."

"성심껏 보좌 못 한 우리 책임이기도 해. 그래서 리더는 킬리만자로의 표범처럼 외롭고 고독한 거야."

그때 말단 사원 형주 씨가 숨을 거세게 몰아쉬며 달려왔다.

"알아냈어요. 우리 부장 저기압인 진짜 이유……."

"뭔대, 뭔대?"

"금요일 밤 치질 수술하셨대요."

"&#$*%#%@#$%@^%$#&*&"

"직장인 위한 속성 수술! 요즘은 기술이 좋아져 다음 날 걸어 나오긴 해도 이삼일은 통증이 남아 욱신욱신하다네요. 지금 막 진통제 사다드리고 뛰어오는 길이에요."

"……."

"아, 그리고 4시에 아이디어 회의하신대요. 올 바캉스 시즌 매출을 극대화할 수 있는 마케팅 전략회의! 아이디어 없는 사람은 회의 끝날 때까지 원탁에 머리 박고 있을 각오하시래요."

머리에
핀을 꽂은 남자

"핀을 꽂아봐."

아내의 주문에 저는 이게 무슨 소리인가 어리둥절했습니다. 바야흐로 전 세계가 긴축재정 시대! 이발비 아끼느라 한 달에 한 번 가던 미용실을 두 달에 한 번으로 늘렸더니 앞머리가 눈을 찌를 정도를 지나 콧등까지 내려온 바, 무스를 발라 넘기려 해도 말을 듣지 않아 투덜거리는 내게 아내는 참으로 도발적인 주문을 했던 것입니다. 핀을 꽂아보라니요.

아내의 꼬드김에 보자기를 뒤집어 쓴 채 파마를 한 것까지는 뭐, 괜찮았습니다. 머리가 길어도 크게 눈에 띄지 않았고, 캔디의 연인 테리우스처럼 곱슬머리 찰랑대는 느낌에 나름 만화 속 주인공이 된 듯한 착각에 빠져보는 것도 정신 건강에 좋았으니까요. "대두(大頭) 아닌 것이 감사할 따름이지 뭐." 출근길 거울 앞에서 파마머리를 매만지며 뿌듯해하는 저를 아내는 살짝 골려먹기도 했습니다.

따지고 보면 아내의 발칙한 패션 감각은 어제 오늘의 일이 아닙니다. 대학 시절, 대한남아의 성스러운 의무를 마치고 군대에서 돌아와 보니 웬 괴상망직한 차림의 신입생이 제 눈을 번쩍 뜨이게 만들었습니다. 온통 국방색의 칙칙함 속에 살던 저에게 그녀는 우주 폭발처럼 충격 그 자체였습니다. 반바지에 여중생들 신는 줄무늬 반스타킹까지는 무난했습니다. 문제는 검정고무신. 운동화도 아니고 슬리퍼도 아니고, 분홍색 고무신도 아닌 검정고무신! 6·25 동란을 기록한 흑백사진에서나 볼 수 있는 검정고무신을 그녀가 버젓이 신은 채 캠퍼스를 활보하더라 이 말입니다. 그뿐이 아닙니다. 어떤 날은 할매 몸뻬바지처럼 펑퍼짐한 바지에 하이힐을 신고 오기도 하고, 또 어떤 날은 민소매 윗도리에 이불 호청으로 만든 듯한 꽃무늬 치마를 치렁치렁 두른 채 엄지발가락을 쏙 내민 조리를 신고 나타나기도 하고요. 늦잠 자다 뛰어나온 아이처럼 파란색 '추리닝'에 먹구름처럼 부스스한 머리를 하고 강의실에 들어왔을 땐 교수님까지 얼빠진 표정으로 그녀를 바라볼 정도였지요.

그런데 참 이상하지요? 그 해괴망직한 차림이 제 눈에는 어찌 그리 이뻐 보이는지요. 분명 한 패션 한다는 신세대 놈팽이들이 그녀의 뒤를 쫓아다니겠지 하는 생각에 데이트 신청은 꿈에도 생각 않고 있는데 어느 날 기적 같은 일이 벌어진 것입니다. "선배, 나랑 남대문 새벽시장 안 갈래? 선배에게 지금 필요한 건 탈출이야. 군대와 근대로부터의 탈출!"

이 당돌한 여인 앞에 일생을 바치기로 결심하지 않았다면 남자가 아니지요. "근대의 촌스러움과 군대의 낙후됨이 오묘한 피크를 이루고 있는 남자에게서 매력을 느꼈다"라는 그녀의 심드렁한 고백으로 우리의 사랑은 시작되었고, 몇 번의 헤어짐과 재회를 거쳐 한집 살기에 성공, 딸 하나 아들 하나 낳고 사는 샐러리맨 가족이 된 것이지요.

회사 생활을 할 때에도 아내의 조언은 계속되었습니다. 아침이면 남편과 아이들이 그날 입을 옷을 코디해놓는 것이 가장 큰 기쁨인 그녀였으니까요. 하루는 스테판이라고, 해외영업 파트를 맡게 될 외국인 신입사원이 들어왔는데 "패션이 장난 아니더라" 감탄했더니, 그 말이 끝나기 무섭게 아내가 주문을 합니다. "스테판만 그대로 따라해봐. 모방이 창조의 지름길이라고." 그날 이후 스테판의 옷 색깔, 셔츠 브랜드, 가디건 단추 개수, 구두 뒷굽 높이 등을 조사해 아내에게 보고하는 업무가 하나 늘기는 했습니다만, 덕분에 저 또한 스테판 못지않은 패셔니스타로서 발돋움하게 되었답니다.

그럼에도 불구하고 '핀'은 너무 한 것 아닐까요? "핀을 꽂아봐" 하는 아내의 주문에 화들짝 놀라 "미쳤어? 코흘리개 여자애들도 유치하다고 안 꽂는 핀을 사십 먹은 아저씨가 꽂으라고?" 하며 버럭 화를 냈더니 나의 아내 설교하십니다. "요즘은 유치한 게 세련된 거야, 패션에 왕도가 따로 있는 거 봤어? 우선 내게 필요하고, 재미있고, 그래서 날개를 단 듯 기분이 좋아지면 그게 최고의 패션이라고."

가만 생각하니 흘러내리는 앞머리를 처치할 방도가 필요하고, 검정색 핀으로 살짝 꽂으면 티도 안 날 테고, 나름 재미있겠다는 생각도 들었습니다. 머리띠 하는 남자들은 이미 꽤 보았던 차였구요. 사흘을 버티다 결국 검정색 실핀을 꽂고 출근한 날, 경비 형님들로부터 청소 아줌마 그리고 전 직원들로부터 폭포수 같은 인사를 받았습니다. "박 대리, 머리에 지금 무슨 짓을 한 거야?" 하고 의아해하는 노땅들도 몇 있었지요. 하지만, 제 동기와 후배들, 특히 여자 후배들은 "와, 패셔니스타는 달라, 그래서 선배의 일 감각이 앞서가는 게 틀림없어요" 하며 부러움과 칭찬을 아끼지 않았습니다.

종일 기분이 으쓱해 아내가 좋아하는 아이스크림 한 통 사서 집 현관을 들어서니 둘째 아이를 품에 안은 채 제 아내가 소파에 잠들어 있습니다. 하도 빨아 색이 바랜 티셔츠에 올이 다 풀린 후줄그레한 반바지를 입고 잠든 아내를 바라보며 문득 "내 발칙했던 연인은 어디 갔지?" 하는 의문이 들었습니다. 나잇살만 먹었지 아이처럼 불평 많은 남편, 한시도 조용할 날 없는 두 아이 등쌀에 예뻤던 내 아내는 개성도, 패션도 없는 평범한 아줌마가 되어가고 있었습니다. 저 여인에게 다시 찬란했던 젊음을 되찾아줄 수 있을까요? 꼭 그렇게 해주고 싶습니다.

어느 택시기사의
'장밋빛 인생'

　　　　　　　시간이 돈, 1분 1초가 아쉬운 직장맘 영미 씨. 마케팅 회의 끝나니 밤 9시라 총알같이 택시를 잡아타는데 지갑 속에 동전만 굴러다니렸다. 용기를 낸다.

"저, 카드도 되나요?"

뜻밖의 답변. "그럼요. 지붕에 '카드택시'라고 써 붙였는걸요."

호기심 많은 영미 씨, 넉살 좋은 기사님의 대화는 이렇게 시작됐다.

"어디까지 모실까요?"

"○○동요……."

"좋은 동네 사시네요."

"인심 하나는 '짱'이죠. 얼른 뉴타운 돼야 하는데……."

"돈이 인생의 전부는 아니죠."

"근데 앞차는 왜 저렇게 헤맨대요? 길을 모르면 차를 끌고 나오질 말든

가. 혹시 아줌마?"

"초행길인가 보네요. 요즘은 운전 잘하는 여자 분도 많아요."

"옴마! 저 은색 승용차 좀 봐. 깜빡이도 안 켜고 사정없이 끼어드네."

"급한 일 생겼나 봅니다."

"경찰은 뭐 하나 몰라. 차도에 불법주차 한 인간들 안 잡아가고."

"일부러야 그러겠어요? 주차할 데가 없나 보죠."

"근데 기사님, 되게 특이하시다. 신호 위반도 하고 끼어들기도 하셔야 택시 타는 맛이 나죠. 그래서 어디 돈 버시겠어요?"

"재미난 얘기해드릴까요? 언젠가 금요일 밤 종로서 손님을 태웠는데 서울서도 가장 골짜기인 △△동에 가자고 해요. 거기 한번 들어갔다 빈 차로 나올 동안 강남은 두세 번 오갈 수 있는데 말이죠. 여하튼 차 한 대 겨우 빠져나올 골목에 내려주고 궁싯거리며 후진해 나오는데 뒤에서 '택시!' 하는 소리가 들려요. 한 남자 성급히 올라타더니 '대구까지 갑시다' 하는 겁니다. 고향에 급한 일 생겼다며. 횡재는 그렇게 오더라고요."

"그 후로 인생관이 달라지셨다는?"

"친구 중에 한때 건설회사 상무였던 녀석이 있지요. 강남 40평대 아파트에서 살고, 교육에 열성인 아내 덕에 1등을 놓쳐본 적 없는 아들까지 남부러울 것 없는 친구였죠. 그러던 어느 날, 아들이 걷잡을 수 없이 시력이 떨어지는 희귀병 진단을 받아요. 설상가상으로 건설업계가 고꾸라지는 바람에 그 친구 직장을 잃고요. 아들 수술비, 병원비에 아파트마저 날아가니 이 못난 친구, 죽고만 싶더래요. 죽으면 보험금으로 아내와 아들은 살 수 있지 않겠나 싶어, 그래 병원 가서 붕대로 눈을 친친 감은 아들을 어루만지는데, 아들놈이 그러더래요. '아빠 손 참 크다. 따뜻해……. 아빠, 아빠가 내 손 잡아준 게 얼마 만인지 아세요?'"

"……"

"이튿날부터 남자는 택시를 몰았죠. 다행히 아이 눈은 더 나빠지지 않아서 돋보기보다 더 두꺼운 안경을 쓰면 그 좋아하는 책은 읽을 수 있다네요. 성적은 한참 떨어졌지만 그 친구 이보다 더 행복할 수 없답니다."

"그거 기사님 얘기죠?"

"하하! 눈치 한번 빠르시네."

"직장맘 10년이면 눈치가 백 단이에요. 근데 질문 있어요."

"뭔데요, 손님?"

"그래도 솔직히 카드로 택시비 내면 싫으시죠?"

"카드택시 탔는데 카드 결제 안 되면 돈 안 내셔도 됩니다. 평안한 밤 되세요."

저에게도 순정이란 게
있습니다요, 누님

　　　　　　　　누님, 하늘 같은 권좌에 앉아 계시는
부장님을 오늘만큼은 감히 누님이라 불러봅니다.

지각 사유서 한 장도 머리 쥐어뜯으며 겨우 써내는 놈이 장문의 편지를
보내니, 가을 단감인 줄 알고 베어 문 여름 땡감마냥 떨떠름하시다고요.
왜 아니시겠습니까.

제 나이 서른 하고도 일곱. 남들 같으면 코흘리개 자식이 있을 나이지만
아직 연분을 만나지 못해 주말이면 방바닥을 뒹굴며 코나 후벼 파는 고독
한 싱글입니다. 새삼스레 웬 신세 타령인가 하면 사내 총각들을 대표해 이
거사, 누님께 드리고픈 청이 하나 있어서입니다.

누님이야 우리 회사는 물론 계열사를 통틀어 실적 뛰어나고 담력 크기
로 소문난 핵심 인재시지요. 유리천장 따위야 누님이 한 번 쩨려보는 순간
쨍그랑 무너지고 말 테니까요. 한번 물면 절대 놓지 않는 그 거머리발 네

트워크는 웬만한 정치인들을 압도하고도 남는다 들었습니다. 초상집에서 폭탄주로 지새운 뒤에도 동틀 녘 머리카락 한 올 흐트러짐 없이 유유히 사라지던 뒷모습은 어찌 그리 늠름하시던지요.

그런데 이 매력덩어리 누님에게도 옥에 티가 있으니 바로 '총각 희롱' 취미입니다. "사낸 그저 귀가 섹시해야 해" 하며 귓불 쓰다듬는 장난이야 다정한 누이의 손길이라 여기면 그만입니다. 간혹 만취하시면 엉덩이를 꼬집으셔서 난감할 적 있사오나, 이 또한 신뢰와 친밀감의 표현이라 굳게 믿고 싶습니다. 문제는 오히려 정신 말짱하시올 때 때와 장소를 가리지 않고 주재하시는 부위별 몸매 품평입니다. "얘들아, 강군 배 나온 것 좀 봐라. 임부 언니들이 같이 요가 배우러 가자고 안 하데?", "임모야, 북한 벌목공처럼 다리가 그렇게 부실하면 첫날밤 색시한테 소박맞는데이", "박 군, 잉글리가 안 되면 갑바라도 나와주던가", "홍 대리 내세울 건 게이 오빠들 딱 좋아할 숯검댕 눈썹뿐일세"……

그뿐인가요. 지루하기로 군대 이야기를 능가하는 누님의 반복되는 육아 무용담 말입니다. 덕분에 장가도 안 간 제가 모유 수유 노하우부터 영어 유치원 고르는 법까지 달달 외울 정돕니다. 살색투성이 '부부 만담'은 또 어떻고요. 속으론 좋으면서 왕 내숭이라고요? 저희에게도 순정이란 게 있습니다요, 누님.

혹여 그 옛날 남자 부장들로부터 당한 고통에 대한 복수혈전이신가요.

234

아니면 남성호르몬의 조기 분비 탓일까요. 누님께도 저와 같은 남동생이 있지 않습니까. 남자 상사들에겐 남자 부하란 이유로 시달리고, 동료들에겐 일도 못하고 연애는 더 못하는 밥충이로 구박받는 소생들을 불쌍히 여긴다면 총각 몸매 품평회는 이제 중단하여주소서. 그런 누님이야말로 진정한 글로벌 리더이십니다.

무례하였다면 깡소주 석 잔 탓이어요. 딸꾹!

모두 우리 아버지
덕분이지요

'공부 못하는 아이들의 열 가지 특징', 알고 계십니까?

1. 시험이 코앞에 닥쳐야 책상 앞에 앉는다. 2. 시험공부를 준비한답시고 책상을 정리하느라 꽤 많은 시간을 투자한다. 3. 치밀하게 학습계획표를 짜서 책상 앞에 붙여놓지만 두 번 다시 체크하지 않는다. 4. 유명 참고서와 문제집을 사다 책장에 꽉 채워놓고 뿌듯해하지만 반도 못 풀고 새 학년에 올라간다. 5. 오색 형광펜으로 중요하다 믿는 내용들에 줄을 좍좍 치지만 정작 중요한 부분이 어디인지 구분이 안 돼 짜증을 낸다. 6. 의자에 앉아 공부하다 허리가 아프다며 상을 펴고 바닥에 앉더니 곧이어 바닥에 엎드리고 그러다가 잠든다. 7. 공부를 마치고 잠자리에 들어야지가 아니라 좀 자고 나서 공부해야지 한다. 8. 모르는 게 많아 친구에게 물어보고

오겠다고 나가면 함흥차사다. 9. 자신의 성적이 나쁜 이유는 우리나라 교육제도가 후지기 때문이라고 생각한다. 10. 공부는 못해도 인간성은 짱이라고 생각한다.

제가 딱 이런 아이였습니다. 적어도 일곱 가지에 해당하는 '얼빵'에 '찌질이' 학생이었죠. 그 시절엔 공부가 왜 그리 싫고 재미없었던지요.

공부 안 한다고 엄마와도 무지하게 싸웠습니다. 내 스물 평생에 절반은 엄마에게 죽도록 혼난 기억뿐이니까요. 극성까지는 아니지만, 남자는 그저 공부 잘하는 것으로 출세해야 오래간다고 믿으셨던 엄마는 아들 성적 1점이라도 올리는 데 도움되는 일이라면 두 팔 걷어붙이고 뛰어다니셨습니다. 저요? 그런 엄마를 요리조리 피해 다니며 어떻게 하면 잘 놀 수 있을까, 어떻게 하면 학원 선생님을 속이고 땡땡이를 칠 수 있을까 주야장창 연구하고 또 연구했지요.

할아버지, 할머니, 고모, 삼촌, 이모들까지 합세해 "이제 정신 좀 차리고 공부 좀 하라"고 잔소리를 퍼부으실 때 저의 유일한 원군은 아버지였습니다. "나를 쏙 빼닮아 그렇지", "공부, 억지로 하라고 해서 되는감?", "모두 1등 하면 꼴찌는 누가 하누?", "우리 학교서 난다 긴다 하던 놈들, 지금 별 볼일 없이 살지." 그래서 엄마와 2차대전 버금가는 싸움 종종 하셨습니다.

저는 아버지가 그냥 아들 하나 포기한 셈 치고 하시는 말씀인 줄 알았지요. 회사 일로 바쁘시니 부자지간 속엣얘기 나눌 시간이 있어야죠. 그런데 중3 어느 날 아버지가 저와 등산을 가자고 하십니다. 산을 오른다는 것이 이렇게 상쾌하고 개운한 일인 줄 그때 처음 알았습니다. 시리도록 맑은 계곡물에 발을 담그시고 아버지 말씀하십니다.

"공부하기 징글징글하지?"

"……."

그러더니 '공부 못하는 아이들의 특징' 9번에 해당되는 말씀을 하십니다.

"인성이 아니라 경쟁에 능한 아이들만 키우는 우리 교육의 후진성 탓이지."

"……."(아버지도 학창시절 3류 학생이었던 것이 틀림없습니다.)

"책만 파고드는 아이, 머리만 쓰고 몸은 쓸 줄 모르는 헛똑똑이들만 키우고, 몸과 마음 교감하며 삶의 지혜를 터득하고 싶어 하는 아이들은 도태시키는 교육."

순간 이 소자, 눈물이 왈칵 쏟아질 뻔했습니다. 동시에 벅찬 감격의 물결이 일렁였습니다. 그 도태되고 있는 불운의 아이가 바로 저 김수찬 아니겠습니까, 하하!

아버지가 다정한 목소리로 제 이름을 부르십니다.

"찬아!"

"……."

"하기 싫은 공부 억지로 매달리지 말고, 학원 땡땡이 어떻게 칠까 연구하느라 시간 낭비 말고, 오늘부터는 네가 정말 하고 싶은 일이 무엇인지 알아내거라. 그 일이 설령 똥지게 지는 일이라 해도 네가 재미있어 하고 보람 있어 하는 일이면 아버지가 전적으로 밀어주마. 약속한다."

아버지의 전적인 후원 속에 제가 재미를 붙인 일이 목공입니다. 친구 아버지 중에 DIY의 달인이 있는데, 그 집에 들락거리다 나무 깎는 일에 재미를 붙이고 만 겁니다. 목수 일은 학교에서 가르쳐주지 않으니 고등학교 과정은 검정고시로 패스하기로 하고, 강원도 산골에서 60년 동안 나무만 깎고 살아온 대목장의 제자로 본격 입문했지요. 갖가지 사연으로 산골에 모여든 사람들과 함께 3년째 혹독한 도제식 수업을 받는 중입니다.

그런데 참 신기합니다. 나무 깎는 일을 하면서 공부에 재미를 붙이게 된 것입니다. 나무 다루는 일은 시를 짓는 일과 같다, 스승님 말씀하시니 옛시 읽기에 재미를 붙였고, 그러다 보니 소설책, 철학책까지 독서의 폭이 넓어집니다. 일정한 공간에 딱 맞는 최적의 크기로 가구를 만들어야 하니 수학도 알아야 하고, 세상 돌아가는 트렌드도 알아야 하니 신문도 읽고 디자인 잡지도 읽습니다. 요즘엔 이탈리아어를 독학하고 있습니다. 언제가 될지는 모르지만 제 힘으로 비행기 티켓 구해 밀라노 유학 가는 게 꿈입니다. 꼭 이루고 말 겁니다.

"길은 수백 갈래로 나 있고, 그 길들은 다 통한다"고 하셨던 아버지 말씀은 옳았습니다. 끝까지 대학 입시에만 매달렸다면 오늘의 이 기쁨 느끼지 못하고 진즉에 시들시들 말라죽었을 겁니다.

모두 아버지 덕분입니다. "안 되는 공부에 매달리는 것만큼 맹추 같은 짓도 없다"라던 삼류 학생 우리 아버지 덕분입니다.

힘들 땐
하늘을 보고 외쳐요

　　강보에 싸여 나온 아기가 딸이라고 돌멩이를 걷어찼다는 아버지였다. 유난히 머리가 큰 딸을 낳다 실신한 마누라는 본 체 만 체, 그 길로 고스톱 치러 간 아버지였다. 그나마도 딸이 세 살 되던 해 광복동 다방 마담과 바람이 나 딴살림을 차린 아버지였다.

　　얼마 전 쉰 살 생일을 맞은 김치업계의 여걸 최 사장에게 이미 저세상 사람이 된 '아바이'가 오롯이 떠오른 것은, 지난겨울 뇌졸중으로 병상에 누워 있을 때이다. "동업자가 통장을 들고튀어 다 거덜 나게 생겼으니 입이 돌아갈밖에. 근데 그 밉살맞은 아바이가 꿈에 나타나서는 '고저 죽으라는 법 없어야. 날래 털고 일어나라우' 하며 호통을 치시는 거지."

　　그녀의 아버지는 평양시 소주 먹기 대회에서 1등을 했을 만큼 술 좋아하고 놀기 좋아하는 한량이었다. 동병상련의 이북 또순이 아내를 만난 건 전쟁 통에 부산으로 피난 왔을 때. "키는 작달막하지, 광대뼈는 튀어나왔지.

울 엄마 잘하는 거라곤 '난닝구' 장사뿐이었거든, 흐흐……."

집 나간 아버지를 영영 못 본 건 아니었다. 해마다 추석이 되면 만취 상태의 아버지는 한 손에 종합선물 꾸러미를 든 채 순경들 등에 업혀 집으로 왔다. 어린 남매 볼 낯이 없으니 제정신으로 못 오고 언제나 술에 취해서 왔다. 착한 오빠는 가끔씩 찾아오는 아버지에게 술도 한 잔 따라드렸지만, 앙칼진 딸은 매몰차게 방문을 걸어 잠갔다.

사업이 기울어 남미로 도피하다시피 떠난 아버지가 딸을 찾아온 것은 그녀가 막 신접살림을 차렸을 때였다. "시집가던 날 손 못 잡아준 거 미안하고, 시댁에서 아비 없는 며느리라 무시할까 봐 한 번은 아버지 노릇해야 한다고……."

초보운전 딱지를 막 뗀 자신이 대구 시댁으로 아버지를 태워 내려가던 날은 죽어도 못 잊을 거란다. "운전 서툰 걸 눈치 챈 노인네가 당신도 겁이 나 손을 부들부들 떨면서는 '고저 앞만 보고 가라우, 옆도 뒤도 돌아보지 말고 앞만 보고 가라우' 외치시는데 왜 그리 웃음이 나던지. 서울로 올라와서는 산 게를 사다 손수 찌개를 끓이시고 암퇘지로 이북식 족발을 쪄주시는데, 우리 남편 그렇게 맛있는 음식은 먹어본 적 없었노라 지금도 호들갑을 떨지."

아버지는 한국에 머문 3주 동안 딸에게 못 다한 30년 사랑을 쏟아부었고, 몇 달 뒤 머나먼 타국에서 이복동생들이 지켜보는 가운데 세상을 떠났다. 공항으로 가면서 그녀의 아버지는 말했다. "그땐 내가 철이 없어 너희에게 고통만 안겨줬다……."

"그렇게 빨리 가실 줄 알았으면 젊은 여자애들처럼 아버지랑 팔짱 한번 끼어볼걸, 사랑받지 못했지만 사랑해드릴걸, '괜찮아요 아버지' 하고 용서해드릴걸. 아버지도 세파에 흔들리며 살아온 연약한 남자일 뿐이더라고. 요즘은 어려운 일 생기면 하늘 보고 외쳐요. 아바이, 나 힘들어 죽겠으니 용 좀 써보시라요!"

아버지에게도
소년 시절이 있었다

한국에는 잘 도착하셨는지요.

비행기 안에서는 잘 잡수시고 또 편안히 주무셨는지요. 하필이면 비행기를 두 번이나 갈아타야 하는 오지로 딸이 이민을 와 연로하신 아버지 어머니 고생만 잔뜩 시켜드렸습니다.

고백하자면, 지금껏 속만 썩인 둘째 딸이 생애 처음 효도한답시고 부모님을 먼 이국땅으로 초대해놓고는 도착하시기 전까지 얼마나 마음고생을 했는지 모릅니다. 특히 아버지 때문에요.

이런 말씀 들으면 서운하시겠지만, 아버지는 제게 보수적이고 권위적인데다 무척 까다로운 성격을 지닌 한국의 전형적인 가부장이시거든요. 어쩌면 '둘째 딸'인 저의 편견인지도 몰라요. '또 딸'이라는 소식에 실망하여 사랑방에서 건너오지도 않으셨다는 이야기가 제 뇌리에 뿌리 깊게 박혀 있는 탓이지요.

기억나세요? 한번은 텔레비전에 나오는 서울 아이들처럼 "아빠～" 하고 불러보고 싶어 퇴근해 들어오시는 아버지에게 "아빠～" 하고 달려갔더니, 이게 웬 해괴한 소리냐는 듯 멀뚱히 바라보시기만 해서 제가 쥐구멍을 찾았잖아요. 어버이날 부모님께 쓰는 편지에 "사랑하는 엄마, 아버지에게"라고 썼다가 눈물이 쏙 빠지게 혼이 나기도 했죠. 그 아래 내용은 읽어보지도 않으신 채 6학년이나 된 게 '전상서'라는 말도 안 배웠느냐" 호통을 치시는 통에.

　자식들에게 엄한 것 말고도 아버지는 새로 안친 밥에 국 없이 식사 못 하시고, 당신 잠자리가 아니면 잠도 잘 못 주무시는 데다, 어차피 회사 가면 작업복으로 갈아입으실 것을 출근하실 때 굳이 날렵하게 다려진 양복바지를 고집하셔서 우리 엄마 잠시도 숨 돌릴 틈 없으셨지요. 술 자시고 늦게 들어오실 때에도 엄마가 직접 대문을 열어주셔야 좋아라 하시는 '간 큰' 남자가 바로 아버지였다구요. 고3 때 서울로 대학 가고 싶다 고집 부렸더니 "우리 집안에 딸자식 서울까지 대학 보낼 만큼 낭비할 헛돈은 없다" 하시며 돌아앉으시는데, 그날의 설움을 떠올리면 지금도 눈물이 쏟아진답니다. 섭섭하세요, 아버지?

　그런데 말이죠. 이번에 아버지를 모시고 생애 처음 여행하면서 예전에는 미처 몰랐던 아버지의 새로운 모습을 발견했어요. 까탈스런 우리 아버지 모처럼 떠나온 외국 여행에서 음식이며 잠자리가 못마땅할 것은 불을 보듯 한데, 제 예상과는 달리 아무 음식이나 "맛있다", "별미다" 하시며 흡족해하시고, 비좁은 침대 방에서도 "내 딸 집이라 그런지 잠이 꿀맛이다" 하시니 얼마나 감사한지요. 한국보다 물가가 두 배나 비싼 나라에서 행여 딸의 생활비 바닥날까 봐 "점심은 원래 점만 찍는 거다, 빵이나 한 개씩 사 먹고 말자" 하시고, 저녁에는 또 트렁크 가득 싸오신 컵라면을 내놓으시며 "외국 나오면 그저 라면에 김치가 최고다" 하시며 후루룩후루룩 정말 맛있게 드셨지요.

자동차가 없어 버스 타고 지하철로 갈아타고 또 걷고 하면서 여행하실 때에도 힘들다, 다리 아프다 내색 한 번 안 하셨어요. "아직도 멀었냐", "또 갈아타냐" 불평하시는 엄마에게 "무지한 사람아, 이것이 여행의 참 재미여" 하며 위로하시는데 죄송하여 눈물이 왈칵 쏟아질 뻔했습니다. 여행지에 관한 책도 열심히 탐독하셨지요. 그날 그날 방문한 곳, 느낀 점들을 범생이 학생처럼 수첩에 빼곡히 기록하시다 맞춤법 틀렸다고 손자에게 지적도 당하시고. 한국 사람에 대한 인상을 좋게 남겨야 한다며 현지인들과 눈만 마주 치면 무조건 "땡큐 땡큐, 어이~ 땡큐" 하시는 통에 웃음이 나 혼났습니다.

아버지는 특히나 배 여행에 아이처럼 환호하셨어요. 밤 10시가 넘도록 해가 지지 않는 백야의 바다를 바라보시며 당신은 말씀하셨지요. "다시 태어나면 일개 봉급쟁이로 살 내가 아니다. 사나이 대장부로 태어나 이생에서 이루지 못한 꿈 저 대양처럼 펼쳐 보일 테다." 아버지에게도 링컨 대통령처럼 큰 사람이 되고 싶었던 소년 시절의 꿈이 있었다는 것을 저는 왜 알지 못했을까요.

고백하자면, 우리 아버지는 왜 많이 배우지 못하셨을까, 우리 아버지는 왜 부자가 아닐까, 우리 아버지는 다른 아빠들처럼 세련되지 못할까 옛날엔 원망도 많이 했어요. 우리 아버지가 이렇듯 여행을 즐길 줄 아는 멋지고 낭만적인 남자라는 사실을 나이 사십에야 깨달았으니, 이 철없고 센스 빵점인 딸을 어찌하면 좋을까요.

아버지, 이번 여행이 아버지와의 첫 해외여행이자 마지막 여행이 되지 않기를 기도해도 될까요? 열심히 일하고 저축해서 비행기 티켓 장만해놓으면 다시 연락드릴게요. 엄마 관절염이 점점 심해지신다 하니 다음번엔 빚을 져서라도 자동차를 한 대 마련해봐야겠어요.

그런데 아버지, 늙은 딸에게 한 가지 소원이 있는데 들어주실래요? 뭐냐고요?

"아빠" 하고 한번 불러보면 안 될까요? 아빠아～.

내일은
내일의 해가 뜬다

　　　　　　　　이름? 알아서 뭐해요. 나이? 에휴~ 먹을 만큼 먹었어요. 직업은? 음, 파출부. 아니 가사도우미. 큰애 아홉 살 때부터 했으니 올해로 18년째예요. 베테랑이죠, 호호.

　그런 눈으로 보지 마요. 나도 한땐 사모님 소리 들었다오. 작지만 다이아도 껴봤고. 남편 사업 그럭저럭 굴러가 친구들한텐 '시집 잘 갔다' 소리 들었고요. 동업하던 후배한테 사기만 안 당했어도……. 쫄딱 어그러진 사실을 나만 몰랐어요. 맘고생 안 시키려고 남편이 빚을 내 생활비를 갖다준 거죠. 살아보려고 혼자 안간힘 썼을 남편이 안쓰러워 그날 많이 울었다오.

　다음 날 당장 일자리를 알아봤지요. 살림하던 여자가 할 수 있는 게 있어야죠. 처음 일 나간 곳이 목동 아파트인데, 대문 앞에서 초인종을 못 누르고 한 30분 서 있었나 봐요. 서른여덟이었으니 젊고, 자존심도 강했고요.

　이러다 죽도 밥도 안 되겠다 싶어 마음을 다잡았어요. 이 집을 내 집처럼 가꿔주자, 아이들을 내 아이들처럼 돌봐주자……. 복장도 신경 썼죠. 음식 하러 다니면서 화장하고 손톱 길면 누가 좋아해요? 전화는 걸지도, 받지도 않았어요. 주인집에서 밥을 먹게 되어도 고기는 손 안 댔어요. 그 냥, 그게 내 자존심이었어요. 서럽고 억울한 경우, 왜 없었겠어요. 한번은 주인집 화장내에 놓아둔 10만 원짜리 수표 한 장이 없어졌다고, 미안하지만 가방을 열어 보여줄 수 없녜요. 거기 없으니 이번엔 옷을 벗어달라고……. 그 심정 이해할 것도 같아 브래지어까지 벗었어요. 휴우, 여간해 우는 성미가 아닌데 그날은 버스 타고 오는 내내 울었다오.

그렇게 20년이 흘렀고, 난 지금 행복해요. 남편은 버스기사로, 난 파출부로 열심히 일해 딸 아들 대학 졸업시켰고, 융자를 많이 냈지만 아파트도 분양받았고요. 요즘은 일해 번 돈으로 오로지 날 위해 쓰니 이런 호강이 없어요. 칼슘 약 꼭꼭 챙겨 먹고, 하루 한 시간씩 걷고, 건강검진 받고요.

그런데 그쪽도 실직한 남편 대신 일하러 나온 거지요? 장해요, 근사해요. 우물 안 개구리가 세상 공부 제대로 하는 거라 생각해요. 인생대학 09학번! 떠르르한 부자들, 장안의 권세가들도 근심 한 보따리씩 끌어안고 삽디다. 쥐뿔도 없지만 그들보다 내가 더 행복하다고 장담할 수 있어요. 어이쿠, 시간이 벌써 이렇게 됐네. 남편이랑 저녁밥 먹고 민화투 치기로 했는데. 나 먼저 가요. 걱정 말래두, 내일은 또 내일의 태양이 뜬다오.

눈물을 흘릴 때
아버지는 비로소 발견된다

지난여름, 한강시민공원에 한 남자의 울음 섞인 고함소리가 울려퍼졌다.

"석아, 은희야, 어디 있니? 대체 어디로 간 거야?"

열대야를 피해 강변에 몰려나온 인파 속을 허둥지둥 뛰어다니며 남자는 누군가의 이름을 애타게 불렀다. 공원에서 놀던 아이가 사라진 것이었다. 이미 어둠이 내린 뒤라 어른들이 딴 데 정신을 판 사이 아이는 저 혼자 놀다 엉뚱한 방향으로 가버렸고, 뒤늦게 이를 알게 된 아빠가 아이를 부르며 찾아 헤매는 상황이었다. 다행히 주위 사람들의 도움으로 남자는 10여 분만에 아이를 찾았다. 어린 아들을 부둥켜안고 엉엉 소리 내 우는 남자의 뒷모습을 보니 콧등이 시큰했다. 아마도 아빠 혼자 두 남매를 데리고 나왔다가 가슴 철렁한 일을 당한 모양인데, 남자가, 그것도 엉엉 소리를 내며 우는 형국이라 더욱 애잔하게 느껴진 것 같다. 동시에 새삼스런 의문이 들었다. 남자들 부성(父性)도 장난이 아니네?

아버지, 그리고 부성에 대해 또 한 번 곰곰이 생각하게 된 계기가 있다. 고(故) 최진실의 전 남편 조성민 씨를 인터뷰하면서다. 우연히 그가 아들 환희와 함께 잠실야구장을 찾아 경기를 관람하는 모습이 스포츠지 카메라에 잡혔고, 그 한 장의 사진이 인터넷에 떠돌며 네티즌을 감동시키는 중이었다. 나 또한 그 사진을 본 순간 가슴이 뭉클했다. 아니, 솔직히 말하면 뒤통수를 얻어맞은 느낌이었다.

2008년 10월 최진실이 자살하고 그녀의 재산권과 친권을 둘러싼 논쟁이 불거졌을 때 여성단체들은 일제히 조성민을 비난했다. 평소 아이들을 돌보지도 않다가 재산이 탐나니 친권을 주장하고 나선다며 욕을 호되게 먹었다. 고백하자면 나 또한 조성민의 친권을 박탈해야 한다는 쪽이었다. 일단 바람을 피워 딴 여자와 살림을 차렸다는 것이 같은 '조강지처'로서 분했다. 싱글맘으로 두 아이를 키우며 분투하며 살았던 최진실을 생각하니 뒤늦게 '아빠'라며 나타나 친권 운운하는 조성민이 미웠다.

그런데, 그 사진 한 장이 내게 혼란을 일으켰다. 사진 속에 나타난 조성민의 모습은 '아버지'였다. 아빠 품에서 환희는 더없이 행복한 표정을 짓고 있었다. 세월이 흐르니 저 철없고 못된 남자에게도 뒤늦게 부성이 생겨난 것일까?

호기심에 인터뷰 요청을 했고, 우여곡절 끝에 조성민과 마주 앉았다. 머릿속에 그리고 있었던 것보다 조성민은 훨씬 평범하고, 웃음이 많고, 착한 남자였다. 아이들 얘기를 할 땐 표정이 햇살처럼 환했다. 환희 갓난아기 적 기저귀 갈고 목욕시킬 때 가장 행복했다는 남자. 아이들 성(姓)을 최 씨로 바꾸라는 법원 판결이 났을 때 빈속에 소주 네 병을 들이붓고 울었다는 남자. 최진실이 떠난 뒤 일주일에 한 번은 꼭 찾아가 아이들 숙제 봐주고 야구하며 놀아준다는 이 남자는 영락없는 한국의 보통 아버지였다. 환희, 준희가 보고 싶어 아이들 다니는 교회에 따라 나가기 시작했다는 말엔 눈물이 핑 돌았다. 그의 친권을 박탈해야 한다는 외침들이 당시 그를 얼마나 아프게 했을지 짐작이 되고도 남았다. 미안했다.

그러고 보면 사람들은 많은 편견에 사로잡혀 사는 듯하다. 모성이 부성보다 강하고, 남자는 여간해서 울지 않는 동물이며, 남자의 관심은 집 안보다 집 밖, 그러니까 더 넓은 세상으로 향해 있다는 식의 생각들. 특히 조성민처럼 화려한 남자들에게 부성이란, 있어도 그만 없어도 그만인 액세서리에 불과할 것이라는 고정관념 말이다.

그러고 보니 아버지, 부성에 대한 나의 편견은 아주 일찌감치 깨졌다. 초등학교 5학년 때인가, 노환으로 돌아가신 할머니 장례를 치르고 온 날, 안방에서 이불을 뒤집어쓰고 울던 아버지를 보고 나는 퍽 당황했다. 그때까지 내게 아버지란 존재는 우는 사람이 아니었다. 울어서는 안 되는 사람이었다. 그런데 아버지가 아이처럼, 엄마를 잃어버린 어린아이처럼 울고 있는 것이다. 체면을 목숨보다 소중히 여기는, 한국 가부장의 전형이었던 우리 아버지가 말이다.

아버지는 어린 자식들에게 짜장면 사주실 때도 가부장이었다. 초등학교 졸업식이었는지, 엄마가 잠시 병원에 입원하셨을 때였는지 기억은 잘 안 나지만, 자식들이 짜장면 그릇을 맛있게 비우는 동안 아버지가 한 말씀도 하지 않으셨다는 기억만은 또렷하다. 나보다 용감했던 언니는 아버지한테 딱 한 번 말대꾸했다가 집에서 거의 쫓겨날 뻔한 뒤로 아주 착한 딸이 되었다. 세상의 모든 아버지는 다 그런 줄 알았다.

그 아버지가 아주 많이 늙으셨다. 요즘은 뵐 때마다 전혀 새로운 모습을 자식들에게 선사해 깜짝깜짝 놀란다. 얼마 전 지인의 결혼식이 있어 엄마 아버지가 서울에 올라오셨다. 결혼식 끝난 뒤 아들 집에 들러 손자들 재롱 보고 고속터미널에서 다시 버스 타고 내려가신다기에 터미널로 배웅을 나갔다. 저 멀리 아버지가 걸어오시는데, 둘째 딸을 발견하시고는 환하게 웃으셨다. 한데 아버지의 입 모양새가 이상했다. 가까이 가서 보니 앞니가 벌어졌다. 제법 큰 간격으로. 공연히 죄 없는 엄마를 타박했다. "엄마, 아버지 앞니 좀 어떻게 해드리시지, 이게 뭐예요." 엄마가 항변한다. "이 양반이 무섭다고 치과에 안 간다."

한 젊음, 한 멋 하셨던 시절, 아버지는 한량 중에 한량이셨다. 중절모에 아래위로 신사복 쫙 빼입으시고는 천지를 누비셨고, 어린 아내는 집에서 부엌데기가 되든 말든, 당신만 룰루랄라 오토바이 타고, 자동차 타고 밖으로 쏘다니셨다. 생신 때 딸들이 사다드린 티셔츠도 색깔이 노색(老色)이면 표정이 금세 일그러지고, 용돈 주는 자식보다 흰머리 염색해주는 자식을 더 사랑하셨다. 한번은 아버지 주문하신 화가들 쓰는 빵모자, 그것도 담황색 빵모자를 구하러 다니느라 멀미가 나도록 남대문을 헤매고 다녔다.

그랬던 우리 아버지가 벌어진 앞니를 훤히 드러내고 웃으신다. "살면 얼마나 더 산다고 교정이냐, 교정은" 하시면서. 아버지의 변화는 출퇴근길 핸드폰의 잦은 울림에서도 확연히 느낄 수 있다. 놀란 가슴에 "무슨 일 있으세요?" 하고 여쭈면, "그냥, 궁금해서 걸었다, 애들은 잘 크냐, 회사는 편안하냐, 사위도 건강하고?" 하시면서 사소한 안부를 묻고 또 물으신다. 그런 아버지를 두고 엄마는 말했다. "저 양반이 늙어서 철이 든다. 아이들 한창 자랄 때, 아버지 사랑, 손길 절대 필요하던 시절엔 밖으로만 나돌더니 이제 와 가족 소중한 걸 느낀다. 애들 바쁜데 왜 자꾸 전화질이냐 해도 말을 안 듣는다."

차 시간이 다 돼 고향 내려가는 버스에 두 분이 올라타셨다. 자리를 잡고 앉으시더니 창 밖에 서 있는 자식들을 향해 손을 흔드신다. 엄마보다 아버지가 더 열렬히 흔드신다. 옛날 같으면 민망해 반대쪽 차창을 내다보셨을 아버지가 다 큰 자식들에게 손을 흔드신다. 앞니야 벌어졌든 말든 헤

벌쭉 웃으시면서. 늦사랑인들 어떠랴. 돌아가시기 전, 젊은 날 못다 쏟아

부은 자식 사랑 실컷 하시면 되지. 아버지, 오래오래 사세요.

* 이 책에는 저자의 사진 외에도 김명선, 김혜경, 문석현, 문창운, 이지현 님의 사진이
실려 있습니다. 사진을 제공해주신 분들께 감사의 말을 전합니다.

우리는 모두 사랑을 모르는 남자와 산다

첫판 1쇄 펴낸날 2011년 1월 18일
　　3쇄 펴낸날 2011년 3월 15일

지은이 김윤덕
펴낸이 김혜경
기획편집부 이재현 이진 김미정 김교석 백도라지 윤진아
디자인팀 서채홍 김명선 권으뜸 지은정
마케팅팀 김용환 문창운
홍보팀 윤혜원 김혜경 오성훈 강신은
경영지원팀 임옥희 양여진

펴낸곳 (주)도서출판 푸른숲
출판등록 2002년 7월 5일 제 406-2003-032호
주소 경기도 파주시 교하읍 문발리 파주출판도시
　　529-3번지 푸른숲 빌딩, 우편번호 413-756
전화 031)955-1400(마케팅부), 031)955-1410(편집부)
팩스 031)955-1406(마케팅부), 031)955-1424(편집부)
www.prunsoop.co.kr

©푸른숲, 2011
ISBN 978-89-7184-850-0(03810)

이 도서의 국립중앙도서관 출판시도서목록(CIP)은 e-CIP 홈페이지(http://www.nl.go.kr/cip.php)에서
이용하실 수 있습니다. (CIP2010004834)